世界

南派三叔

就往無法控制的方向全力墜落……

臺灣獨家序

我從年輕時就開始寫小說、發表小說，如今人到中年，作品能出版各個版本，是我的幸運。接下來，我還會繼續寫下去。寫作於我，算是一種逃避世界最有效的方式。

我不知道有多少人和我一樣，從生下來開始，就不太能適應這個世界。我總想著世界這樣就好了、那樣就好了，也許在現實世界中努力去改變，真的可以讓身邊的世界變化吧！但我卻沒有這個勇氣和魄力，所以只好在筆頭麻痹自己，盡量活在自己的小說裡。

本來以為到了這個年紀，再回頭去看，可能會後悔。不想卻發現自己的人生因為寫作這件事情，反而顯得有一些多姿多彩，也不知道是否是錯覺。

每一本小說都是我的一次逃避，也是一次創造。創造一種世界的過程其實是很愉快的，而這個世界也是我喜歡的形形色色、多姿多彩的世界之一，寫的時候偶得此感，所以命名。

很榮幸，這本書能與臺灣的朋友見面相識，希望大家喜歡。

目錄

中篇　瘋人院

下篇　世界

自序

這本書的寫作過程，堪稱折磨，以至於我在寫完前的最後幾天，還一直有一種錯覺，這本書是寫不完的。

《世界》的靈感來自長時間休養的那段時間，我就對於精神類疾病，產生了濃厚的興趣。故事從精神類疾病起，但寫著寫著，就變成了這樣。

這個故事很怪誕。說實話，我覺得可能不會有人再像我這樣寫故事，如果要說南派風格，我覺得這本書的風格，可以算是一個標籤。但到底是好是壞呢？我也不知道。

早年間，有兩到三年的時間，對於精神類疾病的理解很迂腐，竟然只是——做壞事不用判刑，這樣的印象。那時候，鎮上的街道都有幾個有名的精神病人在遊蕩，母親總是拉著我遠離，似乎精神病會傳染一樣。我則遠遠地觀望，心中好奇，想知道他們的世界是怎麼樣的。

長大之後，才逐漸明白精神類疾病的本質是什麼，不免有些羨慕。

我覺得精神類疾病這種東西，在許多人的心中就已經被歸為不善良的。所以當你得病的時候，很多人就會理所當然地認為你是一個壞人，而不是一個病人。而那種壞，是少數有清晰源頭的壞，非常容易被認定。

這種認知也讓我開始有了「能不能適當地做一個壞人」的想法。似乎被認定為壞人的人，承受的壓力要遠遠小於被認定為好人的人。這種幼稚的想法，讓我的人生充滿了苦頭。

得病之後，我還真的得償所願，發現人們不會再給你期望，只想遠離你，這反而讓一切都變得足夠簡單。在我得了這類疾病之後，拒絕任何事情都有了理由。這讓我有了足夠充足的清靜時間來思考自己的問題。大家見到我，也不和我繼續聊如何成功的事情了，說的最多的是「健康第一啊」。我反而覺得生活回到了正常呢。

現在回憶之前的生活，有太多的人在我身邊的論調是——「你這麼優秀，不應該只有現在這樣的成就」。這樣的論調實在是讓人有點喘不過氣，這就是不幸福的根本吧。如今面對這種論調，我只要回覆一句「天妒英才」，大家就會表示理解。其實我內心想的是，我要做一個什麼樣的人，才不需要你來規劃呢。

寫這本書也是想謳歌一下這樣的生活，雖然故事情節和精神類疾病的關係並不密切。

寫作過程中，我換了很多工作人員，他們都給我提供過一段時間的幫助，但都沒有等到這本書出版。這裡我很抱歉，也向這些人表示感謝。這本書對我意義非凡，如今出版了，你們看到這段文字，希望可以會心一笑。

書中的一些解釋，雖然在寫作的時候故意語焉不詳，但都是經過一位博士後（註1）的指點，他不願意透露姓名，在這裡同樣也匿名感謝。再感謝一些同行，因為名頭太大，怕有抱大腿的嫌疑，就也暗中感謝。

感謝我的編輯老師對我的鼓勵，作為我的第一個專屬編輯，她不僅要忍受我的拖稿，還要不停地鼓勵我，編出優點來誇獎我，實在是辛苦。沒有妳的整理和讀後建議，我可能還會不停地陷入修訂陷阱當中。

也感謝我的精神科醫生，感謝對我的照顧。現在的精神類疾病似乎開始變成宗教了，人太痛苦了，都想去拜一拜。我覺得這雖然不應該濫用，但痛苦了尋求積極的解脫，心理醫生的工作之一也的確在此，應該鼓勵；但也覺得唏噓，世界到底變成什麼樣子，精神類疾病反而變成了避風港。

註1　又稱博士後研究員，指那些在取得博士學位之後在大學或研究機構中有限期地專門從事相關研究或深造的人。

題外話，我一直對作家有一種幻想。作家應該是像史蒂芬・金一樣，有一個靈感，寫一本書，主人公都不相同，也相互獨立，這樣就會有「我又寫了一本新書」的成就感。但我長久以來，也寫了快十四年的書了，就幾乎沒有這樣的成就感。別人問我：「你最近寫了什麼？」我到後面往往羞於啟口，因為我只能回答：「《盜墓筆記》。」對方會給你一個尷尬的笑臉，說：「還在寫啊。」

現在我終於可以說出另外一本書名了。

《世界》這個故事，我把它歸類於病院系列。這個系列還會繼續寫下去，主要寫一些奇奇怪怪的、驚世駭俗的故事，而且最好是完全嶄新的故事模式。有生之年，希望能寫到四本以上。

洽談出版的時候，正值武漢疫情，世界也在變化，總是覺得自己寫的東西其實不算小說，為何都以小說的身分不停地發表？這讓我覺得很不真實，此時的現實世界，也不真實起來。

希望一切都有好轉。希望在你看到這本書的時候，這些都過去了。

最後感謝我的讀者朋友，謝謝你們的耐心。絮絮叨叨又一年，你們知道我只有在這裡，才能說些心裡話。我的作品大多寫作很長時間，不知道這動不動幾年的落差，你看待自己、看待世界，是否如我一般感慨？事實上，這本書的寫作過程，就如同這個故事的主題一樣。

看完之後，我們可以探討。

南派三叔　於　二〇二〇・二・十二

世界上的一隊小小的漂泊者呀，請留下你們的足印在我的文字裡。

——《飛鳥集》

前篇

夢話者

第一章　一封讀者的來信

這又是一個很特別的故事。

現在說起來，我自己都還有點不相信。因為這個故事失控的速度太快，其間沒有任何可以容我完全接受的機會。

它和我以往經歷的不同，並沒有宏偉和深刻的背景，也沒有太過於激烈的情節衝突，但是這個故事，是我經歷中讓我毛骨悚然的故事之一。

在說這個故事之前，我先要聲明幾點。

首先，我在寫這個故事的過程中，放棄了我之前的一些故弄玄虛的敘事技巧。我之前故弄玄虛，是因為很多故事在最初發生的時候，十分平淡，我需要加工使得它可以在最開始的時候抓住讀者；但是，這個故事不需要。我反而一直試圖降低這個故事的詭異程度，用以降低我在寫作的過程中，對於這個世界的懷疑。

第二點，《世界》這個小說的名字，很多人都用過，他們表達的意義各不相同。我並未想在這本小說裡，去描述一個龐大天穹下的林林總總，我寫的是另一個方面的世界。這個世界的概念，也許和你聽過的任何場合的世界，都有所不同。

第三點，同樣不要在故事的前三分之一處替這個故事下結論。

故事最開始是因為一封讀者來信。

因為電子信件的應用，現在的作者已經很少使用真實的信件來和讀者交流了，這反而使得真實的信件變成一件奢侈但是更有格調的事情。但我使用真實的信件，並不是有這樣的欲望，而是因為我的精神狀態在那段時間非常不好，被醫生強行隔離網路；同時，我保持了很長時間和讀者交流的紀錄，我不想因為我的病情被打破。

理論上，醫生的建議是什麼也不讀，但是對於我這個有閱讀強迫症的人，總不能真的一個字都不看，於是紙質的信成了我的救星。

這封信是在我公布信箱半個月之後收到的，裡面是一支錄音筆和一張單薄的賀卡。實際意義上來說，這是一個包裹，不過因為錄音筆非常小而且袖珍，在信封中沒有被郵差發現。

賀卡上寫著「祝你早日康復」六個字，署名是海流雲。

這是我一個老讀者了，算是我半個老鄉，她和我的母親一支同屬於溫州樂清，語言上比較相通。

從我剛開始在網路上寫東西，她就一直傳訊息給我，不管我回還是不回，她總是會一個人說很多。我在某年和某個歌手的合作見面會上，見過她一面，算是真正認識，但是後來也沒有頻繁交流。算起來，她最後一次傳訊給我，到現在這段沒有和她繼續交流的時間，應該有三、四年了，我沒有想到她仍然在關注我。

這不免令我有些感動，但我好奇的是錄音筆中的內容。現在的科技已經可以把這種東西做得非常小，可我個人的習慣，如果她沒有在信中告訴我裡面錄的是什麼，我是不願意冒險去聽的，我的精神狀況很難處理一些負面的訊息。

但是我實在又十分好奇，於是我翻動卡片，在卡片的另一面，看到一條備註。

「這是我一個朋友錄下了自己的夢話，知道你喜歡稀奇古怪的事情，不妨聽一聽，也許是很好的寫作題材。」

跟我說一些稀奇古怪的事情，是我很多讀者和朋友統一的習慣，他們覺得，既然我是寫懸疑小說的，這些素材告訴我，等於給了我一口飯。他們不知道，懸疑小說家寫作的原動力，是編造出類似於真實的詭異故事，而不是記錄真實的故事。

特別是像我這樣精神上有殘缺的，如果無法判斷一件事情一定是虛構的，對於我寫作反而有害。

但我在那個時候，確實對錄音筆產生了興趣，我坐在窗前的輪椅上——那時候車禍不久——按下播放的按鈕。

錄音筆的螢幕亮了，安靜地跳轉兩、三秒鐘，我聽到了第一句話。

「二〇一二年四月十六日，八點十五分，準備入睡。」

還真的是夢話。我心中覺得有意思，人在夢的意識中，似乎總是和一些我們所不了解的現象有聯繫，不管是夢境的內容還是做夢時候大腦內部的化學反應，現在都還是未解之謎。

對於很多人來說，醒來時候的生活，是生活在一個充滿偽裝和壓制的虛偽人格裡，也只有在夢境中，才能露出一絲自己的原形。而夢話的內容，有的時候真實地反映著這個人的精力和欲望。

這一句話說完之後，這個人停頓一下，繼續下一句話。

這句話，讓我突然覺得詭異起來，直覺告訴我，卡片上的提示不是戲謔。

錄音筆裡的人說道：「這是第二千三百七十段錄音，應該快到終點了，希望這一切快點結束吧。」

第二章　花頭礁上真的有一個東西

兩千三百七十段錄音，假設這個人有每天錄下自己夢話的習慣，假設他每天都一定會說夢話，也需要堅持錄音六年半時間。

一個人對於自己熟睡之後發出的聲音那麼痴迷，我還從來沒有聽說過。

而且，他說了「應該快到終點了」，這句話更加奇怪。

一般來說，只有有起點的東西，才會有終點。這至少說明，這六年半的時間，應該有什麼事情正在發生，而且正在走向終點。

我點上一根菸，如果這是一本小說的話，開頭的兩句話已經強行點燃我的興趣。我決定耐心地聽下去。

接下來是很長時間的安靜，這個人的入睡似乎不是那麼容易，我聽到了被子摩擦和很多聲嘆氣，深受失眠痛苦的我太熟悉這種睡不著的無奈了。

反正我也沒有其他事情幹，我耐心地等待，菸抽完，我轉動輪椅對著窗口，看窗外明媚的陽光。

兩個小時不知不覺就過去了，錄音筆的游標仍舊亮著，但是我始終沒有聽到聲音。

「大哥，到底睡著了沒有啊。」我自言自語，不禁有些不耐煩起來，想快轉去聽後面的內容，不過我忍住了。

已經兩個小時了，我就當這支錄音筆已經停了，去做自己的事情好了。於是我拿起報紙開始閱讀。

大約又過了半個小時，我才聽到那個男人說了夢中的第一句話。讓我吃驚的是，我瞬間竟然沒有聽懂，因為那個男人說的不是普通話，而是用一種極端壓抑的語調，說了一句方言。

如果是別人，這還真是一個大難題，恰巧我和海流雲有相同的祖籍，她知道我懂這種叫蠻話的地方語言。

蠻話是浙江北部靠近福建地區蒼南平原一種特殊的方言。我能聽懂蠻話，是因為我母親和外公一支是樂清人，樂清有一部分人也會說蠻話。

蠻話和我們說的普通方言基本語法完全不一樣，老蠻話是極難聽懂的，但是後來外來詞多了之後，語法開始融合，所以我能大概聽懂他講的內容。

這第一句蠻話就是：「今天雨下得很大，海邊收蝦蛄的人可能不會來了。晦氣。」

這句話在沿海一帶很好理解，海邊捕撈海鮮的人，海鮮上岸之後立即就會有人帶著現金來收，一手交錢，一手交貨，非常便利。

如果雨太大，大部分漁民不會出海，所以收海鮮的人也會歇著。這個人可能是在不太適合的天氣出海，回來之後，發現沒有人來收購。

海鮮無法存放太久，如果不能直接出手，保存會很麻煩，價格也會下跌，所以他才會說晦氣。

海流雲沒有告訴我這個錄音人的身分，這樣的夢話，我估計是一個漁民說的；而且應該很年輕，畢竟能擺弄錄音筆這樣的東西，年紀不會太大。

「下大雨，那東西也沒有看到，花頭礁都被水淹了，那到底是什麼東西，真想知道。」

這是第二句話。

接下來是一段沉默，和零星幾句我聽不懂的蠻話，但應該沒有意義，是一種咒罵。

「和他們講他們都不相信，鴨多不生卵，我怎麼會騙，花頭礁上真的有一個東西。」

第三章　花頭礁

花頭礁我還真知道，在那一帶吃過海鮮的人都聽說過，花頭礁附近有一個環礁帶，整個礁石的外沿是捕龍蝦最好的地方，蒼南九斤龍蝦王就是在那裡捕上來的。

但是環礁的遠端，特別是花頭礁那邊就很少有人去，因為那裡靠近一條海溝，非常深，說起來是一個環礁群和海底的大斷裂帶。

環礁群靠近大陸的那一頭叫貓礁，和花頭礁遙遙對望，直線有二十公里的距離。只有在魚荒，或者是漁民家裡要辦大事的時候，才會經過貓礁，去花頭礁那裡捕魚。

進到環礁裡面要用平底船，到了花頭礁還要祭拜，這塊礁石以前是近海和遠海的分界線，過了花頭礁，就說明到了真正的大洋上。

所以說，花頭礁上有個東西，這種話漁民確實不會相信，很少有人在那裡活動。

「要不是那天阿鴻不敢過去，我早就抓到那個東西了。氣飽了氣飽了，阿鴻這個殺跌B（聽不懂的髒話），我遲早要把那個東西抓回來。」

接下來是一些無關緊要的話，似乎是一些生活片段，能聽得出來，他像是在和一個人對話。

他並沒有一個人扮演兩個角色，所以我只能聽到他自己的部分，無法聽到和他對話的人說了什麼。對話過程只能猜測，應該都是和生計有關的話題，比如生意比較艱難、雨水太多、魚群的走向也似乎不在這裡。

我繼續聽著，大概能分析出整段夢話的前因後果。

首先毫無疑問，說夢話的人一定是個漁民，而且是一個經常出海的海客，不是大漁船拖掛作業的船公，而是直接供應新鮮海鮮給城市酒店的那種。他們的船不大，往往是兄弟二人，或者是父子兩人就出海了，收穫也不會太多。

這種漁民一般都是生活在貧困線上的，特別是現在大船作業氾濫的海域，他們捕到東西的機率越來越小，很多祖上傳下來的捕魚方法，因為環境的變化也越來越沒有作用。

所以他們埋怨生計是很平常的事情，我在海邊見過不少這樣的人，他們大多聚在一起。這種人的出路是開海鮮大排檔，自己撈、自己做，但是這種生意也需要本錢。

這個漁民年紀不大，和他搭檔出海的人，名字應該叫阿鴻，是一個膽小的人。

這段夢話內容的時間點應該是回到岸上之後，鑒於在說阿鴻的壞話，那麼他不是和阿鴻在一起，而是和另一個人對話，當時很可能在喝酒，或者是在吃飯。這是一個閒聊起的故事。

我暫且稱呼這個漁民的名字叫做A，A在進行這段對話之前，出了一次海，出海的地方叫做花頭礁，在花頭礁附近，他應該是看到了什麼東西。

我無法形容我的感覺，不知道他看到的是奇怪的動物，還是詭異的物品，總之這個東西，不應該那個時候在花頭礁上出現，所以他很驚訝，並且想過去查看，但是阿鴻阻止了他。

顯然最後他沒有弄清楚那是什麼東西，他回到岸上之後，說起這件事情被人恥笑，所以遷怒於阿鴻。

我覺得我猜得八九不離十。

抱怨生計、穿插著抱怨阿鴻和重複說花頭礁上有奇怪東西的夢話，整個過程持續了半個小時，才漸漸平息下來。

人不會一晚上都說夢話，往往是在某個睡眠時期。我的精神狀況一直不是很好，所以一直在看這方面的書，了解一些細節。

夢話頻率越來越低，最後，錄音筆回歸了安靜，有六、七分鐘再也沒有一聲動靜。

應該是結束了。我把錄音筆拿起來，發現確實剩沒有幾分鐘了，就想按停。這個時候，忽然，A又說了一句夢話。

他說道：「老軍讓我不要去，但是我不去氣難平。」

頓了頓，他說了最後一句話。

「我不相信阿鴻說的那些東西，阿鴻是嚇唬我的。」

第四章 六年夢話者南生

我不得不承認，我對這件事情非常感興趣。

不排除，這是海流雲設計的一個故事，也許是向我炫耀她思考的故事橋段，即使如此，我也應該向她表示敬意。

因為在這個創意寫作氾濫的年代，這樣好的故事切入口已經很少看到了。

這是真正有生活的人才能寫出來的開頭，特別是最後一句。

「我不相信阿鴻說的那些東西，阿鴻是嚇唬我的。」

這是點睛之筆。阿鴻顯然和A說了一些東西，這些東西很可能是某種傳說性質的故事，目的在於阻止A重新回到花頭礁查看；而且，阿鴻說的東西，應該非常可怕，甚至是恐嚇性質的。

我寫了一封回信給海流雲，告訴她我的想法：如果這不是她寫的小說開頭，而是真有其事的話，我希望能夠見一見這個錄了自己最少六年夢話的人。

寄出信之後，我在QQ上也留了言。這有點違反我的原則和斷網的規定，但是我實在想快點收到回覆。

回信沒有我想的來得那麼快，至少在我接下來的一週內，我沒有得到任何消息，我開始理解我的讀者在尋求和我聯繫而不得之後的感覺了。

但最後我不僅僅收到另一封紙質的信，我還得到了讀者熱情的回饋。

海流雲和A一起出現在我的醫院傳達室裡。

海流雲已經是一個六歲孩子的母親，比之前看到的時候，整個人的狀態更好了，一段好的婚姻和孩子對於女人是加分的。而A也完全出乎我的意料。在我的判斷裡，他絕對是一個面龐黝黑的漁民，身體消瘦健壯、皮膚粗糙。

但是我面前自稱是A的這個人，他的真名叫做南生，是一個非常白稚的青年，和漁民一點兒也扯不上關係。一眼看去，他清秀得像是個女孩子一樣。

這個男孩子，如果上漁船，估計連漁網都提不起來，更不要說撒到海裡捕魚，有的時候還要和風浪搏鬥了。

不過人不可貌相，在這個社會上，這已經是我處事的最大原則。

他們在傳達室裡和醫院的保全糾纏了很久，才獲准打一通電話給我。我因為在封閉治療區，能夠和外人見面的時間也不多，討好了護士，才得以和他們在草坪上見面。

寒暄之後，我就單刀直入，我先用蠻話對他們打了一聲招呼——我會的蠻話不多，但是這一句應該是相當標準的。

海流雲和我用蠻話對話了幾句，南生沒有什麼反應，我看他的眼神，意識到他完全聽不懂。

有意思，這麼說，這些夢話應該不是南生說的，後面還有我不知道的故事呢。

南生是一個非常聰明的人，他看我的表情，就知道我的疑問，所以直接說道：「我是上海人，完全聽不懂蠻話，但是這些夢話確實是我說的。我從六年前開始錄音，沒有一天中斷過，我幾乎每天晚上都會說夢話，六年時間裡，只有兩天例外。」

第五章　六年前

南生剛大學畢業，從實習到現在，已經工作了一段時間。六年前，應該還是他高一的時候。

他告訴我，他是因為軍訓活動，和室友同一個帳篷，才發現自己說夢話，還是用自己聽不懂的語言。

第一段錄音，是他同學為了證明他確實講夢話而錄的，後面的，就是他自發的行為。

我摸了摸下巴。高中、大學，是城市孩子慣常的歷程，真有意思。不管是地理位置還是文化體系，都和溫州蒼南的漁民搭不上邊。

有沒有可能，他不是單純的上海土著，而是中途遷徙到上海的新一代上海人，對於蠻話的記憶是來自於童年不太清晰的部分？

我提出了這個疑問，南生無奈地笑笑，感覺這樣的解釋他做過不只一遍了。

「我家四代都是上海人，大學畢業之前除了旅遊我都沒有出過上海。不過，如果說我從來沒有接觸過蠻話，這也是不正確的。我確實在小的時候，接觸過這種語言，但僅僅是接觸，連聽都沒有聽懂，更不要說會說了。」

我忽然意識到海流雲和我說的「這件事情很有意思」，似乎並不是我思考的那個方向。

我對於夢話的解讀，是按照我寫懸疑小說的角度對於內容的剖析得出的，但是海流雲並不寫小說，所以她應該感覺不到我所感覺的。她所覺得的「這件事情很有意思」，或許更加直接一點兒。

「你聽不懂自己說的夢話？」我力圖讓自己的提問清楚：「你小時候接觸過蠻話的經歷，和你的夢話有關嗎？」

「嗯，我不知道怎麼和你形容，海流雲說你是一個什麼都能接受的人，我對這件事情的分析，和我自己的調查，都指向了一個可能性，但是我說給別人聽，都沒人相信，我希望你是一個例外。但是，如果你也不相信，不要騙我，我可以接受不好的結果，卻不願意浪費時間。」

我點頭，這點很中肯了，而且我也不覺得這個小夥子想從我這裡得到什麼。

「我在六年時間裡，說了五萬句話，我一直到第三年，才知道這是囈話，才知道這些夢話的內容。但是，我這些夢話中的經歷，並不是我的經歷。」

「什麼意思？」

「這些夢話的內容，和我沒有關係，這是另外一個人的人生。」南生看著我的眼睛道：「我在做夢的時候，在說一些我不可能知道的，另一個人的事情。」

海流雲在默默點頭，應該是深信不疑。

我看著他們的狀態，就知道他們已經經歷了很多事情，找我估計是有些實際需求的。於是我說：「你們已經知道，這另一個人是誰了，對不對？這個人應該和你之前對於囈話的記憶有關係。」

南生點頭，遞給我一張照片。

事情越發地匪夷所思了，我努力讓自己冷靜下來，接過這張照片。照片上是一個黝黑瘦小的年輕人，身上都是水蘚的痕跡，斑斑駁駁。照片背景是在海邊的漁船上，年輕人的身上背著漁網，笑得很燦爛，那是一種發自內心的開心。

我吸了一口氣，這個人符合我所有的推測。

南生就在這個年輕人的背後，年紀看上去還很小。還有一個看上去也是城市人的中年人，在一邊抽菸。

照片是彩色的，上面有桂花顏色一樣的霉斑，應該有很長的年分了。

「這是我國中畢業的暑假，去海邊的時候認識的朋友，他比我大兩歲，叫做王海生。他媽媽是在船上生下他的，他讀到國中就輟學了，我們是上了他的船出海去釣魚。他是我人生中遇到的，唯一一個會講蠻話的人。」

我看到南生說到這個人的時候，臉色慘白，這已經不屬於緊張，而是進階到害怕的程度。

似乎他接下來要說的內容，有讓他感覺毛骨悚然的東西。

「我們在一起待了一個夏天，我們成了非常要好的朋友——你知道，海邊有太多城裡沒有的東西，而我也知道很多他不知道的新鮮事情——那個年紀的友誼是最純真的。」

南生說這些的時候，完全沒有一絲陽光的意味，臉上的恐懼越來越嚇人。

「但是，我回上海之後，就再也沒有和他有過任何聯繫。和很多我們那個年紀的友誼一樣，就是一個夏天的珍貴回憶，慢慢也會忘卻，所以當我開始說夢話之後，我並沒有立即想起這個人來。一直到聽懂了內容，才忽然意識到……」

「這個人現在在哪裡？」我問道。既然他和海流雲一起來找我，應該已經去過蒼南。

南生看了看我，想回答我，但是臉色卻變得極度蒼白。海流雲拍拍他的肩膀，和我說道：「王海生已經死了。」

第六章 那年夏天

「我們來找你之前，一直在蒼南找他。他的兄弟說，他在六年前就死了。他出海去花頭礁，再也沒有回來，他們只在花頭礁上，找到他船上的纜繩。」

我摸了摸下巴，覺得思緒有些亂。

感覺這裡存在兩個故事，一個是王海生遇到了什麼；一個是，為什麼王海生遇到的事情，會在南生的夢話裡出現。

「這兩件事情，其實屬於一件事情。」南生終於開口。「還是我來說吧，清楚一點兒，我把我和王海生在那年夏天做的事情，和之後這一切的關係，全部都一點兒、一點兒說出來。」

六年前的夏天，南生來到蒼南海邊，遇到王海生的時候，南生十五歲，王海生十七歲。王海生輟學了兩年，但是溫州的小學只有五年學制。

當時的王海生已經有兩年捕魚和出海的經驗，和他一起搭檔的，是一個叫阿鴻的人。

這個人按輩分是他的小叔，年紀比他大三歲。兩個人一條船，在他們那個年紀，生活還是過得去的。

王海生輟學的原因，是因為父親早逝。漁民在漁船上有什麼突發疾病，往往得不到及時救助，他的父親就是因為在出海的時候腦溢血去世的。

屍體運回來時和魚凍在一起，入葬時的腥味，王海生這輩子都不會忘記。

所以，王海生非常賣力地工作，就是想脫離這種命運。

除了捕魚之外，他也跟村裡一些旅遊農舍合作，提供包船出海垂釣的服務，這個不辛苦，而且賺的還多。很多杭州和上海周邊的人，會選擇在節假日去海邊待上一週到兩週，他們在度假的時候不是很在乎錢。

南生能和王海生交朋友，不是因為他們年紀相近，是因為南生和王海生有一樣的生活經歷。

南生的母親早逝，是父親一個人帶大的。

孩童時期交朋友的過程，我就不贅述了。無非就是在海邊抓彈塗魚、撿貝殼、養寄居蟹；在夏天的海邊樹蔭下聊一聊動畫、各自範疇裡的新鮮好笑事情、喜歡的女孩子；一起去鎮上的MTV包廂看看色情片。

那個年紀是瞬間就可以交心的年紀，忘性也大，兩個人最在乎的就是明天去玩什麼。同時，十六、七歲說小也不小，他們開始會討論一些大人看著幼稚、自己卻覺得深奧的問題。

故事的起源，就在於他們討論的一個「深奧」問題。

王海生不同於一般的海客，黝黑的外表下有著細膩的內心，這畢竟和他受過國中教育有關。

討論那個問題的時候，正值夕陽西下，他們在海灘上散步。

王海生顯然有心事。他總是有心事的，雖然玩的時候不覺得，但當他有一搭沒一搭地和南生聊天時，他的思維也在另外一個世界裡遊走，不知道在想些什麼。

他們從碼頭一直走到廢水溝，村裡的廢水通過沙灘上的大溝流入海裡。

夕陽西下，海風吹來，有一絲絲涼意。

王海生趴在海邊的堤壩上，忽然立住了。

兩個人都不說話，這時候他們的友誼已經不需要語言去維持氣氛了，安靜本身就是一種交流。他們看著海上的夕陽替海浪鍍上金光。

這樣的情況大概持續了十分鐘，忽然，王海生轉身問他：「南生，你覺得人死了之後會到什麼地方去？」

第七章　少年的死亡約定

南生愣了愣，這個問題問得有些奇怪，但他還是順口回答說：「人死了，不是要到陰曹地府去嗎？」

王海生看向南生。「那你相信嗎？」

南生聳聳肩，這個問題他從來沒有考慮過，因為死亡畢竟離他還好遙遠。在他十一、二歲的時候，因為母親去世，他曾經有過對死亡的恐懼。那時，當他想起死亡必將來臨的時候，那種無力感讓他崩潰；但是後來那種恐懼，隨著時間的推移也很快就消失了。

隨著年齡增長，各種瑣事逼來，使得思考死亡這個命題在那個年紀顯得有些愚蠢。

「也許吧。」南生說道：「如果有鬼的話，咱們這輩子活得好不好，關係似乎也不大。」

王海生笑了笑，用蹩腳的普通話道：「那如果沒有鬼呢？如果沒有陰曹地府的話，人死了，豈不是什麼都沒有了。」

南生搖搖頭，這種問題思考太多，人會很絕望。

王海生繼續道：「如果人死了就什麼都沒有了，那麼我們一開始為什麼要活著呢？活著本身是為什麼呢？我們在這裡捕魚、賺錢，你去讀書，這些東西在我們死後都沒有意義——你不覺得我們活得非常好笑嗎？這感覺上像——」

「像電動遊戲一樣。」南生說道：「沒有存檔，打得再好都沒有用，電源一關就什麼都沒有了。」

「對哦，真的很像。」王海生很嚴肅地點了點頭。

南生笑了笑，心說其實有些事情不能這麼武斷，這是一個很嚴苛的哲學問題了——我是誰，我從哪裡來，要到哪裡去。

一個海邊長大的漁民會思考這種問題，這不是個好現象。因為這幾個問題，世界上可能還沒有幾個人能回答。

「所以還是有陰曹地府好，這樣我們死了都會變成鬼了，我的老爹、你的媽媽也變成鬼了，我們能繼續在一起玩。」王海生說道。

南生不知道王海生父親去世的具體情況，南生的母親是病死的。因為他母親平日裡工作非常忙，母子關係並不十分親近，所以南生在她去世的時候，竟然找不到悲傷的感覺，他只好木然著臉，裝成很悲痛的樣子。

這件事情他到現在還有罪惡感，所以不願提起。他沒有接王海生的最後一句話。

兩個人繼續往前走，話題已經耗盡，他明確地感覺到王海生心中肯定有什麼事情。又走了幾步，王海生停下來，轉頭對南生道：「南生，咱們做一個約定吧。作為我最好的朋友，咱們就死亡這件事情來做一個很有意思的約定。」

南生點了點頭，毫不猶豫地回答：「你說吧。」

王海生道：「我想說的是，我們兩個人不管是誰，只要其中一個死了，如果真的有死後的世界，如果真的有鬼魂的話，那麼死去的人一定要想辦法把這一切告訴活著的人。」

南生就道：「你的意思是，我比你先死的話，如果真的有靈魂，我就回來找你，告訴你這件事；如果你先死的話，你也這樣做，對嗎？」

王海生點頭，伸出手。「對，我們必須這樣做，因為這也許是我們了解死後世界唯一的方法。」

南生笑了笑，覺得這有點幼稚，而且他們倆離死亡似乎還相當遙遠，這樣的約定本身就顯得特別可笑。即使這樣，他還是把手伸過去，兩人打勾勾。

「好，一言為定，我希望這樣的日子晚點到來。」

王海生道：「也許這些事情並不是咱們說了算的。」

做完這個約定，大概兩週後，南生和王海生告別，結束了海邊的假期，回到上海。

三個月之後，王海生在花頭礁遇到海難，連屍體都沒有找到。

王海生的死，南生並不知情，但王海生死後一個月，南生開始用蠻話說起了夢話。

第八章 他遵守了約定

六年之後，南生坐到我面前，說到最後那幾段的時候，我毛骨悚然，滿身的雞皮疙瘩都立起來了。他跟我訴說時的蒼白表情，說明他自己也承受著極大的心理煎熬。

半晌我們都沒有繼續說話，我深吸了一口氣，才從最後一句的壓迫感中釋放出來，問：「你的意思是，他遵守了約定。」

南生點頭。

「從邏輯上來說，這確實講得通，但如果是這樣的話，也有一些不合情理的地方。」我說道。

不能單純地使用這種情節推理來判斷一件事情，小說可以，一般的讀者只要有閱讀快感就行了。

但是——

這種現實事件，其中的巧合還是很有可能透過非超自然的辦法解釋的。

「王海生如果真的變成了鬼魂，透過在你夢中說話的方式告訴你陰曹地府真實存在，那麼在你發現你用鑾話開始說夢話，或者，最不濟在你三年後意識到這是鑾話的時候，訊息已經送到，這種行為就可以停止了。你現在還說夢話嗎？」

南生臉色蒼白地點了點頭，又從自己的口袋裡掏出了兩、三支錄音筆，顯然一直沒有停過。

我說道：「不管是人還是鬼，用六年時間來告訴你，靈魂的存在，而且從不中斷，這未免也太敬業了。」

「我也想過這一點，也許王海生的狀態並不是如我們想的那麼理性化，但是畢竟他記得約定，並且找到了我，這說明王海生做這件事情是有自主意識，並且有邏輯的。」

南生說道：「他連續六年，每天晚上不間斷地告訴我這些東西，每晚的內容都不重複，確實不同尋常，我相信他應該是想傳達比『有鬼魂存在』更加複雜的訊息給我。我聽了很多次錄音，想從他的那些話中聽出什麼來，但是毫無頭緒——說實話，這是我的私事，我也不害怕王海生，他是我少年時期的好朋友，我相信他不會害我。」

「我來找你，特別是還麻煩了海流雲，是因為後來還發生了一些事情，這些事情我自己無法解決，也沒有任何人可以幫我。」

南生的臉色絲毫沒有好轉，仍舊陷在極度緊張的狀態下。看樣子，他害怕的並不是自己身邊可能鬧鬼這件事情。

我對這個年輕人刮目相看，就點頭，讓他繼續說下去。

「這個訊息，應該和花頭礁有關。」他繼續道：「他這六年來，大部分的內容，都在重複他在花頭礁上看到的奇怪東西。而前一個月，我的夢話……終於進行到他臨死前的那一次出海，我相信，我很快就能知道事情的真相了。」

「那你希望我幫你什麼呢？」既然你是來尋求我幫忙的，我心想。

「我預計在一週之內，我的夢話就會告訴我，王海生最後一次去花頭礁，到底遇到了什麼——他是怎麼死的——然後我有一種不祥的預感，我預感我知道了這件事情之後，我也會遇到什麼不好的事情。」

「嗯哼。」

聽到這裡，我心中也起了不祥的預感。確實應該有這種感覺，因為好萊塢電影都是這樣拍的。

第九章　做個備份

南生繼續道：「王海生讓我接受這一切，用了六年時間，從現在來看，這件事情非常匪夷所思，背後應該會有深意。假設我因為知道了什麼而發生意外，我需要有一個人能接替我，幫我繼續調查這件事情下去，至少這件事情不能這麼不了了之。」

我點頭，這個要求很合理，他希望這件事情在我這裡有個備份。

因為我比較能夠接受這種事情，同時好奇心又強；最重要的是，我已經前期了解過這件事情了，如果要調查，可以從他的斷點開始，不用從頭來過。

「我覺得你不用太擔心，如果你要是有事，肯定早就發生了。」我安慰他道。雖然我心中知道，這件事情比較奇怪，所以不能用常理去推斷。

海流雲在一邊說道：「本來我也可以是這個人選，不過你的人脈和社會地位在這裡，做事情比我方便。直接找你可能比較乾脆，你畢竟是大作家。」

我乾笑了幾聲，因為此時擔了些責任，不由得有些擔心起來。

不過，既然之前說了我對這件事情有興趣，這時候也不好反悔，於是我點頭。

南生告訴我，他會把他最後幾天的錄音檔都整理好，定期傳給我。他會待在蒼南，如果在夢中獲得和當地有關的線索，他可以馬上去查證。他也打算如果有機會，包船去一趟花頭礁，去那邊看個究竟。

我建議他使用比較現代的船，多帶一些人去，寧可花點兒錢——既然感覺不太好，就要做萬全的準備。如果金錢上有困難的話，我可以支援一些。

他不置可否，顯然還有我不知道的事情沒有說出來。當然這是我的感覺，不能勉強。我最後留了一個扣兒給自己，說：「如果你還有隱瞞或者沒有告訴我的東西，那麼我最後無法幫到你，你也不能怪我。」

南生道：「我確實有一些保留，和我的隱私有關，但假設真的有事發生的話，我有辦法將這些保留的事情也讓你知道，但我現在不能說我會如何做。」

事到如今我也不能再說什麼，我點頭。「好的，我等你的好消息，希望一切都不要發生。」

南生點頭，便離開了。

這天是二〇一二年五月十二日，之後的時間我一直在養病，以及處理我的小說。南生的事情時不時地在我腦海中想起，我也讓我的助理常常去關注海流雲的消息，但是一直沒有東西寄過來，連之前說好的後面的錄音檔也沒有。

這倒是不奇怪，現在說話不算話的大有人在。很多時候是當時氣氛使然，冷靜下來之後就不會去履行。

就這麼經過了三個月，到了八月中旬的時候，天氣已經非常非常熱了，在炎熱的天氣下，加上又沒有任何消息，我開始慢慢淡忘。當我重新想起這件事情，是我在收拾東西準備出院的時候，發現了之前寄給我的錄音筆，我當時打了個激靈，似乎是我疏忽了，好像是某個責任沒有盡到一般。

不過想來之後南生並未寄給我任何包裹或者筆記本，這是不是說明後續沒有事情發生，這件事情已經得到了圓滿的解決？

當時的精神狀況不錯，我的精力很充沛，想起南生說的那個詭異故事，不由得好奇起來，於是想去主動詢問一下。

第十章 海流雲全家都瘋掉了

我那天晚上做了兩件事情，一是讓我的助理去聯繫海流雲，二是重新聽了一遍南生之前的錄音。

讓助理去聯繫不是因為我傲慢，而是因為海流雲畢竟是已婚的女讀者，我經歷過一些誤會，覺得在男女關係上還是有個中間人做緩衝比較好。

兩件事情都沒有結果。

海流雲沒有回覆，她的手機是關機的，電話也沒人接。

重新再聽錄音筆裡的內容只是讓我想起當時很多的細節，沒有更多的啟發。

這樣的調查，一直持續了一週，我忽然感覺有點不對。南生不和我聯繫，也沒有任何東西寄給我，這些都還可以解釋，但是海流雲不應該聯繫不上。她以前是那麼熱衷於聯繫我，我甚至有她家裡的電話號碼，她和公婆一起住，電話打不通的機率太低。

我和她之間的聯繫已經超越了一般讀者和作家之間的關係，她就算是突然粉轉黑，也不至於在現實中拒人於千里之外。

我因為之前遺忘那件事，心中有很強的沮喪感，害怕會不會因為自己的懈怠，很多事情已經被我錯過了？說實話，我還挺想知道後續的發展。所以我在週一，整理了自己的工作，就讓司機送我去樂清，先去找海流雲。

路程將近五個小時，我開著錄音筆繼續聽當時的錄音，一路打瞌睡，到的時候已經是傍晚。

吃了番薯黃夾（註2）當晚餐，我就照著地址找到海流雲家。那是一棟自蓋的農民小樓，大門是黃銅的，據說她老公是做海鮮餐館的，很有錢，所以她閒得到處在網上追我的小說看。這黃銅的門估計炮彈都打不穿，符合海鮮行業老

註2　外形類似於蒸餃，由新鮮番薯及番薯粉製作而成，外皮軟糯可口、金黃剔透，故得以此名。是樂清市傳統的地方名吃。

闆的性格。

敲了半天門，弄得我一手灰，裡面絲毫動靜也沒有，倒是把隔壁的狗全部敲得叫了起來。

隔壁老太太出來看發生什麼事情，我用蹩腳的樂清話問這家人到哪裡去了？

老太太打量了一下我，就說道：「阿娟瘋掉了，全家都搬走了。」阿娟？海流雲是網名，阿娟是真名嗎？我形容了一下海流雲的樣子。

老太太點頭。「你說的就是阿娟，她現在在樂清中醫院，瘋掉了。」

我有些背脊發涼。「她老公呢？」

「全家都瘋掉了。公公、婆婆也瘋了。」老太太說道：「小孩子現在外公、外婆帶著。也不知道中了什麼邪，全家一個一個都瘋掉了。就剩一個小孩子，可憐哪。」

說完她就把門關上了，好像我也是瘋的一樣。我在黃銅門口站了一會兒，手足無措，只能離開。

我頭皮發麻地回到酒店，感覺很亂。海流雲不會無緣無故地瘋了，在這段時間裡，確實發生了什麼。

第十一章　死的人是誰

我在酒店打了幾個樂清老關係的電話，我不知道海流雲的真名，只知道一個娟字，只好去查全家都瘋掉的案子。這一定是一件案子，不管在任何朝代，一個家庭短時間內同時出現精神問題，這中間一定有蹊蹺，而且一般都會和「靈異鬼怪」的傳說有關。

我連夜到了樂清的中醫院，透過我外公那邊的親戚關係，得到了探視的資格。我的作家身分確實還是挺有用的，比某些職能機關（註3）還要好說話，畢竟

註3　在中樞機關的直接領導下，各級政府負責分管專業行政事務的執行機關。

這兩個字大家都不了解。

我走進醫院的時候，覺得真搞笑。上次見海流雲，我在精神病院，如今卻倒了過來。

到了病房，我才意識到完全不是這回事。我是在療養，而她確確實實是真的瘋了。

她住在單人病房裡，不是因為有錢，而是因為她的攻擊性十分大，是屬於人們傳說中最可怕的那一類瘋子。

我堅持要和她面對面見一次，最終醫生也只是讓我隔著門。我叫了她一聲，她抬頭看到我。她最起碼老了十歲，整個人形容枯槁，眼窩深陷，眼眶中布滿血絲。

我很擔心她會失去理智到連我都不認識，但是看她眼神的變化，她還是把我認了出來，接下來她的表現至今都讓我覺得恐懼。

她猛地衝到門前，用力搖晃著門。我一開始以為她要攻擊我，但是她隨即大叫起來。我聽不懂她叫的內容，她似乎是將樂清土語比較含糊地喊出來，需要土生土長的樂清人才能聽懂。

她一直敲著門，眼神都渙散了，一直叫著同一句話，用頭撞擊鐵門。醫生立即把我拽開，護工衝進去，把她按在床上。

我渾身冷汗，問：「她在叫什麼？」

醫生道：「她在叫，不要去花頭礁。瘋了之後，她一直重複這句話，沒有說過其他話。」

我跑到醫院的陽臺上，點上一根菸抽起來。抽菸對我的精神疾病並沒有好處，但是我感覺，如果不抽就會被那淒厲的喊聲帶到另外一個世界去。

抽菸的時候，我的手都是抖的。醫生嘆了口氣，臉色也不好看。「很久沒有遇到這樣的病人了，這種人只有在舊社會才會出現。」

「病理是什麼？」我問道。

「最奇怪的就是這點，沒有病理，她的大腦腦電圖是正常的，但是現在大部分精神病人都沒有器質性病變（註4），所以我們查了她的精神歷史，發現是突然發病。他們家族，都沒有相似的經歷。」醫生道：「她是出海回來之後開始發病的，詳細的過程，她的同伴有詳細筆錄。因為同行中死了一個人，我們認為是

註4　指腦組織暫時性或永久性的功能障礙，所導致的心理與行為的異常，在人格、情緒、認知功能及社會、職業功能造成障礙。

驚嚇導致的精神分裂。」

死了一人？我心中嘖了一下。難道海流雲和南生一起出海了？死的人是誰，難道是南生，當時的預感真的發生了？他沒有東西寄給我，是因為來不及寄出就死亡了？

第十二章　奇怪的東西

醫生把一只信封交給我。「在這裡看完還給我。」

我點頭，醫生就想離開，我問：「她老公和公公、婆婆是怎麼瘋的？」

醫生指了指信封，意思是全在裡面。

八月的樂清非常炎熱，我抽完菸，感覺自己安定了一點兒，便進到走廊裡，坐在探病人坐的塑膠椅子上，迅速看完資料。

情況和我想的差不多，海流雲是和南生一起出海的，顯然是海流雲動用了自己老公的關係。這份筆錄是他們船老大口述的，船老大是一個中年人，叫做胡富林。過程很簡單，他開著大船到了環礁外圍，然後南生和一個漁夫划平底船進了礁群，前往花頭礁，結果過了三個小時還沒有回來。

因為天要黑了，之後海流雲和一個漁夫進去找，出來的時候，他們兩個都已經精神有點不正常。海流雲是其中最嚴重的，上岸之後的當晚就發作了。

海流雲回到樂清就入院了，不知道為什麼，她家人也開始出問題，但是情況較輕。在醫院的紀錄上，寫著他們的病症，海流雲的家人認為家裡有「奇怪的東西」。

所有的家庭成員都說，他們屋裡一個房間的天花板角落，吊著一個東西。不知道是哪一位，還用原子筆把那個「東西」的樣子畫出來，事實上畫並未成形，我只能看出一大團歪歪扭扭的線條。

據我所知，精神科醫生對於「幻視」的病人一向是很謹慎的，所以初期並沒有建議住院。不過他們這個狀態，應該是真瘋了。

如今他們應該也在這家醫院裡，但是我和他們不認識，不找個理由恐怕不太好交流。

「我是你老婆的偶像，特地來問問你們為啥發精神病，順便告訴你們，我也是精神病。」

如果我這麼說，這是要被她老公咬死的節奏。

現有證據的指向毫無疑問，海流雲肯定在花頭礁看到什麼。她看到的東西讓她極度驚恐，以至於瘋狂。至於為何瘋狂會蔓延到她家裡，暫且還沒有定論。

我的後腦杓直發緊，一般小說寫到這裡，主人公必須要去花頭礁查看一下，否則故事情節無法推進。但是我現在渾身戒備的狀態都在告訴我，千萬不能去。

我吸了口氣，渾身發抖，這種感覺讓我很惱火。這不是去或不去的問題，而是我對於現在這種控制不住自己發抖狀況的惱怒。

檔案裡並沒有寫南生的情況，不知道最後是找到了，還是和王海生一樣，在海上失蹤了？

在那種地方失蹤，等於是死亡。筆錄中沒有死者的介紹部分，為什麼？文件被警方拿去了？

去問醫生，醫生也不知道，說王海生失蹤的事情是聽海流雲丈夫說的，畢竟病歷中不可能出現這麼詳細且又和病歷無關的東西。

我將檔案還回去，就回了酒店。在酒店的游泳池游了兩公里，因為我不想當天晚上失眠。

泡在水裡，我就開始為自己制定計畫。

這件事情我一定得查清楚。之前老是抱怨自己的人生無聊，如今真的遇到事情了，反而是這樣的狀態，我都會看不起自己。但是也不能蠻幹，不能成為美國恐怖電影的炮灰。

要去一趟蒼南，見一見包船的船老大。他在事發第一現場，也許有什麼筆錄中沒有的線索，問他比問警察方便。還要找一找那個叫做阿鴻的人。我希望知道王海生當年發生的事情。兩件事情對比之後，會出現關鍵線索。

當然，首先，我要找一個人幫忙。

第十三章　海騷子

古龍的小說裡介紹一個高手，往往採取短句的模式：楚留香要去找張三。張三、李四的張三。

是的，他的真名就叫張三。

一眼讀去，就知道這個人非同一般。我要找的這個人，沒有那麼戲劇化的姓名，甚至我沒有打算暴露他的真名，我們都叫他小林。

小林是我的同學中唯一一個蒼南人，我找他幫忙不僅是因為他家在蒼南是很大的船東，而是他本身就是海騷子。

海騷子是我們替他取的外號，他是一個對海有著超凡感情的人。小林大學時候的夢想就是海洋的環境保護，畢業之後回到家鄉，對於家鄉一帶的海洋環境非常熟悉。最讓我看中的，是他在環境監察局工作，擁有大量海上工作時間，所以他出海的時間可能比某些漁民還要多。不同的航線、不同的船，他都要定期去走走。

當然他也可以不去，在辦公室裡吹冷氣，但是對於海洋的熱忱不容他休息。

小林是個理想主義者，因為嘴唇很性感，他還有一個外號叫做櫻桃小林。

小林的外貌比較清秀，身高不高，一百七十三公分的樣子，但家裡有錢，是我們以前的寢室長。我們忙著打工、戀愛、打遊戲的時候，他一直堅持自己的專業理想，總之是個內心很有力量的人。

見到他的時候，他穿著一身黑色的休閒服，全部都是修身的。他比以前顯得有精神，一看就知道是在戀愛，剛約完會回來。他很會打扮自己，雖然身高是他耿耿於懷的。

不過我懶得問他私生活的事，他肯定各種推三阻四，顧左右而言他，拒不承認。我單刀直入，大概把事情對他描述一遍，他以理想主義者的態度鄙視了我的想法。

「怎麼這麼久了，你神神道道的毛病還沒改？啊，對，聽說你現在都能靠這個賺錢了。真是，中國人口太多了，神經病都撐起一個行業了。」

小林的嘴巴相當損，我早就習慣了。

我知道他肯定不會信，因為理想主義者普遍都比較自大，但是沒有關係，他講義氣就行了。我說：「是不是歧視心理殘疾人士？這個時候，我可是最需要老同學的關懷。」

他呵呵笑了一下。「我當時高考的時候真應該再用功點兒的，攤上你這個室友，你想出去玩一趟就直說，雖然我權力不大但還是可以替你安排的，你自己付錢就行。」

他和我說，去花頭礁四周得找大點兒的漁船，先到旁邊一座礁盤上待上兩、三天，吃吃海鮮玩一玩；要靠近花頭礁要在漲潮的時候，否則平底船也很容易被困住，那裡風景還是不錯的。

他把我當成找個藉口來找他玩玩的同學了，這也就罷了。和他聊過之後，我竟然也覺得自己的恐懼好像有些可笑，似乎是陷入自己的小說情節了。何況他還說過，花頭礁他自己都登上去十幾次了，一點兒事情都沒有。

我和他約了三天後出海，一切事務由他來安排，我只要負責買啤酒就行。

一切準備妥當之後，再透過他的關係找到了南生出海時候的船老大。因為南生出海這件事情比較有名，當地也不大，小林又有政府背景，找起人來很容易。

一開始船老大不想見我，小林跟他談了很久，他才勉強答應可以聊幾句。我去見船老大的時候，他正在晒魚。院子裡坐著另外一個年輕人，一問才知道，這個年輕人就是南生夢話裡的阿鴻。大概是小林和船老大說過還要找這個人，兩個人覺得麻煩，索性一起來了。

船老大非常瘦，按道理，漁民的狀態應該都很相似，高強度的勞動、長時間的日晒、身上有著水蘚，和被海風吹得粗糙的皮膚；但是船老大的腦袋顯得很有特色，他身體瘦，可是頭很大，而且完全沒有頭髮，頭的形狀還很怪。

如果一定要形容，我只能說他長得像是卡通裡的人物。而阿鴻是一個四肢短小的小胖子，眼袋很大，一副縱慾過度的樣子。兩個人都很愛抽菸，看我的眼神說不上友好。

這一路過來，我感覺自己很像是調查記者，打開錄音筆放在旁邊，我就開始問準備好的一些問題。小林還瞟了我一眼，似乎覺得我還挺矯情的。這種一起長大的人就是麻煩，熟悉你在學校裡穿著內褲搞怪時的樣子，你一活出點兒人樣來，他們反而覺得你滑稽。

我沒空管他，很嚴肅地對著船老大和阿鴻，不過這兩個人完全不按照我的提問來回答，直接反問我：「你是要到花頭礁去嗎？」

我點頭。

看到我的回答之後，兩個人都搖頭。「不要去。」

我問為什麼，阿鴻就說道：「那塊礁石本來就很邪門，不要去，這幾年我們打魚都不敢到那裡去打了。」

我嘆了口氣，心說不用再渲染了，直接告訴我我想知道的事情，如果把我嚇到了，我自然就不去了。於是我問：「之前阿娟和那個上海來的、叫做南生的小夥子去了之後，發生了什麼事情，那個小夥子後來怎麼樣了？」

船老大說道：「小夥子，你說那個小南嗎？他沒事，他回來了。」

第十四章 礁石上面有什麼

我皺了皺眉頭，我原本以為會聽到南生死在那裡，沒想到船老大竟然告訴我，他安全地回來了。那死的那個人是誰？

「死的那個人是老軍。是一個漁民。」

我心中「咯登」一聲，寫作時對於細節的記憶習慣還是瞬間讓我想起了這個名字。

老軍，這個人就是夢話中，王海生說的阻止他出海的人。

「老軍讓我不要去。」

夢話裡提到老軍的時候，是這樣說的。

船老大繼續說道：「小南和那個阿娟剛來的時候，要找人打聽一個叫做王海生的人，這人很多年前就出海死了。老軍是王海生的舅舅，我就介紹他們認識了。他們聊了一晚上，老軍就來找我，說他們兩個要出海，我就接了生意，老軍也跟著我們出海了，結果出事了。」

「他是怎麼死的？那個老軍。」

「在海上還能怎麼死？淹死的唄。在礁盤邊下水特別危險，一個浪過來，直接把人拍到礁石上。礁石上全是藤壺，像刮鬍刀、搓板一樣，一下子就皮開肉綻，如果頭撞到，幾下就死了。那天後來，浪太大了。」

老軍是和南生一起攀上花頭礁，在礁石上跌落的，屍體後來沒有找到。南生回到船上之後，船老大是從南生的口述中得知他的死亡的。

小林在旁邊補充道：「這事我知道，那個叫阿娟的女人的老公因為這事賠了不少錢給老軍家，回頭老軍的婆娘就改嫁了。現在好多婆娘天天盼著你那上海朋友再來幾趟，把她們死鬼老公在花頭礁換成錢，她們好改嫁蓋新房子。」

這有點太損了，不過船老大和阿鴻都笑，顯然不是很在乎。船老大還看了自己老婆一眼。

「那個小南，一點兒事情都沒有？」我奇怪道。

「一點兒事情都沒有。」船老大很淡然地說道，似乎這件事情非常正常，正常到不需要去回憶。他坐到竹椅上，揉了揉膝蓋，忽然想起什麼似的。「不過，他是比阿娟先回來的。」

我愣了愣，船老大看著我。「阿娟去找他，出去之後不到十五分鐘，小南就回來了，之後阿娟隔了一個小時才回來。小南回來之後，說老軍掉海裡去了，他什麼都沒有看到就趕緊回來，因為他不會划船繞了一個大圈子，但是阿娟回來之後就瘋了。」

我呆住了，之前醫院的筆錄太不完整，沒有寫明這些。

也就是說，其實南生什麼事情都沒有遇到，而陪他出海、並且在他失去聯繫後去找他的海流雲，卻遇到了他本來應該遇到的事情？

「到底那礁石上面有什麼東西？」我自言自語。看向阿鴻，當年他和王海生出海，王海生看到了那個東西，他應該也看到了。

阿鴻吐了口菸，露出已經鬆動的牙齒，說道：「你是說那幫人要找的是王海生說的那個東西？那個東西是海觀音。我和海生講過，海觀音是要害人的，他不信。」

第十五章　海觀音

海觀音是蒼南一帶民間傳說中的東西，和觀音沒有什麼關係，屬於海怪的一種。傳說這種東西經常立於礁石上，因為長有很多隻手，所以在黑夜或者黃昏、清晨的時候，路過的漁民看不清楚，會以為是觀音菩薩顯靈而靠近跪拜，往往會被海觀音潛伏在水裡的部分拖下水去。

當然，這種說法我也不相信，但是為了讓阿鴻能在我這裡找到一些成就感，我還是裝成非常相信，並讓他嘗試畫下海觀音的樣子。阿鴻勉為其難地畫了，雖然畫技非常拙劣，但是我還是能看出這東西的幾個特徵。

第一，這東西不大，估計也就一個人大，有很多的手。

這個我有所保留，因為阿鴻認準了這東西就是海觀音，他會在自己的潛意識裡有加工；不過，這東西身上已經有很多類似於手的突起，倒是真的。

第二個特徵，是這東西身上的曲線，是有稜角的。

相信阿鴻對這一點的印象很深，所以他努力將這個細節畫下來。

我拿著畫放遠了看，又放近了看，忽然意識到，阿鴻不是在胡說八道。因為這東西的樣子，和我在樂清醫院檔案裡看到海流雲家人畫的、認為出現在他們家裡的「奇怪東西」，一模一樣。

難道，海觀音「跟」在海流雲的身後，回到她的家裡？連她的家人一起害了？

這實在令人有些毛骨悚然，但我仍舊是不信的。看著阿鴻畫的圖，圖上有稜角和大量突起的東西，我寧可相信這是一件物品。

但這是什麼東西呢？說實話，我的第一個念頭，這似乎是個人造衛星，不過上面所有的天線都被扭曲了，形成了手的樣子。

或者，這是一個類似於電視天線的東西。以前的老電視，天線都像是雷達一樣，扭成各種形狀，樹一樣地立在屋頂上。

但是不管這是什麼東西，都不應該出現在遠海礁石上。如果是人造的，那麼一定是人擺上去的，會不會是水文儀器之類的東西？

我轉頭問小林，小林說不可能，沒有這種先例，除非有那種大型的中央科考隊，ＣＣＴＶ直播的國家專案，才有可能在外海邊緣線做這些動作。但是，他也沒聽說過有這種形狀的水文儀器。

「還有什麼細節嗎？」我繼續問：「你看到這東西的時候，為什麼覺得牠是海觀音？除了這些手，還有其他理由嗎？」

「牠會叫。」阿鴻抽了一口菸，做出了幾聲類似於雞叫的聲音。「牠就是這麼叫的。我沒過去，海生過去看得更仔細了，他和我說的。」

「蠻講（胡扯），雞怎麼可能是這麼叫的。」船老大就在旁邊大笑，覺得阿鴻的樣子很好玩。

我撓了撓頭，有些頭大。這些訊息實在不夠做任何判斷，看樣子，只有到花頭礁現場去看看，才可能有進展。

第十六章 出海玩一趟

臨走前，我要走阿鴻的畫。

從船老大家出來，小林對我說。

「漁民在海上遇到的奇怪事情多了，多一件不多，少一件不少，捕魚的人遇到船難回不來也是常有的事情，所以他們不會太在意的，他們說的話，你自己掂量著信不信。」

我點頭，對他道：「你說我要不要買份保險什麼的？」

小林揚了揚眉毛。

「買什麼險種，傻子險嗎？你現在買屬於騙保啊。」

我聽了不禁莞爾，這小子如果在網路上當段子手早發財了，所以說人各有命，和能力沒太大關係。

接下來我一直在忐忑不安中度過，但是等我上到小林替我準備的船上的那一剎那，我忽然意識到，為什麼小林會覺得我只是找個藉口想出海玩一趟。

我們將船開往大海，往遠海開去，漸漸看不到岸邊，四周什麼都沒有。我開始明白，在這麼遼闊而單調的地方，要看到任何我想看到的東西，希望是非常渺茫的。

非常有可能，這就是一次出海狂歡的旅程，我們在花頭礁上什麼都不會發現。因為在王海生死亡到現在的這段時間裡，已經有無數人登上過那個島，要是有東西在，全沿海岸的人早就應該都知道了。

有了這個預判，我慢慢地也就不那麼忐忑了。一路往東南，在海上路過六個盤礁之後，我們來到離花頭礁最近的一塊盤礁邊緣。

這片區域的名字叫做琵琶礁，形狀像是一把巨大的琵琶，中間有潟湖，東邊有缺口，使得海水通著潟湖，裡面有非常美味的一種貝類。

琵琶潟湖之外的礁盤面積很大，所以成了漁民休息的地方。上面用珊瑚和木板搭著簡易的棚子，能看到棚子頂上立著我們的國旗。

和基督徒在海外看到教堂一樣，在這種地方看到我們的國旗，有一股被某種力量保護的感覺。

這裡離內陸已經很遠了，我們在海上起碼航行了十六個小時，到的時候是深夜，四周除了海浪聲一片寂靜。

作為寫作者，我很喜歡這樣的狀態。點燃篝火，我們避開了白天強烈的日照，晚上海風的涼意很舒適。我們的船老大就是當時帶南生去花頭礁的那位，他會完全按照南生他們的路線帶我們重新走一趟。

晚上用撈來的貝殼煮湯，喝了點兒酒，靠在石頭上我就睡著了。第二天起來的時候，腦子裡感覺像是放了冰塊一樣，疼得厲害。

船老大找了一些之前南生他們在這裡休整的痕跡給我看，他們當時的篝火堆、丟棄的一些垃圾……沒有什麼特別的東西。不過看到這些東西，我還是有些感觸的。

南生和海流雲在這裡狂歡的時候，知不知道他們十幾個小時之後將要遇到的事情？那個老軍，知不知道他會死去呢？

琵琶礁上沒有發生什麼特別的事情，我之所以要詳細地寫下來，是因為我們在礁上度過了三天非常輕鬆愜意的日子。我晒黑了很多，船老大每天都會先去花頭礁附近看水位。根據他們的經驗，這裡的水位一般是每三天到四天有一次變化。

我們等了三天的時間，每天吃海鮮，胡亂聊天。陸地上有很多煩人的事情，很快的，我就忘記得差不多了。這裡也沒有手機訊號，對於避世者完全就是天堂。

這段日子和之後我在花頭礁遇到的情況，形成了天壤之別。

第十七章　前往花頭礁

我們是在三天後前往花頭礁的。大船到了礁外沿之後，遠遠的已經能看到花頭礁在我們的視線遠方，目前還只是一個黑色的小點。

我們換上皮筏艇向花頭礁划去，海面的風有點大，船老大提醒我們早去早回，那地方什麼都沒有，不要耽擱太久。

我懷著輕鬆的心情向目的地划去。靠近目的地不到兩百公尺的時候，我什麼都沒有看到，只看到浪打著礁石。我已經替這一次旅行下了一個定論，這就是一次出海吃海鮮的腐敗旅遊。

這不是小說，沒有那麼環環緊扣。

雖然看起來不會有什麼發現了，我們還是將皮筏艇靠到花頭礁上。小林將我拉上礁石，那上面比我想的要大很多，如果在這上面蓋個別墅還能送兩百平方公尺的院子。浪很大，大部分礁石都是溼的。

整個礁石是一朵花的形狀，說像是蓮花太矯情了，但看上去就是一朵綻開的花，難怪叫做花頭礁。

石頭很嶙峋，海浪的侵蝕不同於緩慢的磨砂，把石頭拍得奇形怪狀、坑坑窪窪。礁盤表面有大量巨大的裂縫，底下漆黑一片，能看到海水不時湧上來，那些裂縫需要靠跳躍才能過去。我看到了藤壺，在水線上下長得密密麻麻，好像石頭腐爛了一般。

這上面什麼都沒有，船老大說得沒錯。

阿鴻說，海觀音會發出一種奇怪的叫聲。我轉去聽四周的聲音。海浪聲很大，同時伴隨著海風的巨大轟鳴，在這樣的環境中，就算扯著嗓子喊，稍微隔遠一點兒也很難聽到。

但是不知道為什麼，也不知道是不是錯覺，我總覺得環境中存在那種雞叫聲。

當然，仔細去聽的時候，什麼都聽不到。

那應該是阿鴻的錯覺，或許是這裡的海風吹過礁石間的縫隙產生了某種次聲波（註5）。

可我還是不死心，仍舊在礁石上仔細地尋找，但是拍上來的海水讓我根本無法集中注意力。

我折騰了十分鐘，然後點了一支菸。小林拍了拍我的肩膀，這其中的意思大概是——

「早和你說過吧，菜鳥。」

我爬上一塊比較高的礁石，往四周看了看，只看到茫茫大海。當時王海生和我們船來的方向應該是同一個方向，他從船上看過來，能看到的部分是花頭礁的北邊。

我踱步到北邊，這已經是最後的努力了。走到海浪打不到的地方，我嘆了口氣，就在這個時候，我想起一個細節。

為什麼老軍會跌下礁石？

註5　頻率小於20Hz（赫茲），但是高於氣候造成的氣壓變動的聲波。人耳對次聲波基本上沒有感受，但是某些動物如象、長頸鹿和藍鯨可以感受及使用次聲波通訊。

對於一個老漁民，這樣的事情發生的機率太低了。如果不是意外，也不是南生因為口角推他下去的，那麼，老軍到水裡去是有原因的。

我開始把注意力放到礁石邊緣，小林提醒我這十分危險，所以我幾乎是蹲著身子挪過去的。

他喊：「你就算蹲著，該掉下去還是會掉下去。那地方危險，不是說你站著危險，快回來！」

我沒理他，緩緩沿著邊緣尋找，出乎我意料，十幾分鐘後，我真的在海水中看到了一個影子。

這影子在海水裡面，浪花的泡沫很多，這裡又是深海礁區，估計這礁石下面就是懸崖。海水顏色很深，如果不走到這個地方，很難看到。我能看到是因為我走到了這裡，而且這個影子的形狀，一看就不是天然形成的。

像是很多的觸手，確實是天線般的樣子，影子的形狀看上去更像是一棵奇怪的水中樹狀藝術品。

我叫了小林一聲，指了指水下的影子，浪花的狀態一變，我們就什麼都看不到了。

「你現在還覺得我是神經病？」我得意地說道。

「你神經病是你自己說的，我只是說你是傻子而已。」小林瞟了我一眼。「先別得意，說不定是什麼大海蚌之類的。」

「你才是大海蚌。」我罵道：「又不是西遊記。」

我有一種恐懼和興奮交織的感覺，看了看四周，茫茫大海，這塊礁石真的有蹊蹺。

有可能是王海生出海的那一次，海水水位降到一個特殊的超低點，所以這東西露出了海面被看到了；後來水位上漲，再也沒有達到這個超低點。

到底是什麼東西被安放在這裡？那影子看上去不像是什麼海中的妖物，到底是什麼？

第十八章　潛水

我想潛去水裡看個究竟，可是沒有帶潛水設備，所以我們只好回到船上，和船老大商量，想讓船老大幫我們下水去看看。

和船老大一商量，加錢是不用說的，可他仍舊不是很願意幫我們。之前他說過，因為這附近的浪太大，如果潛下去之後一個浪打來，把人拍到礁石上，這些石頭上的突起都和刀一樣鋒利，一個不小心，渾身一塊好肉都不會剩下。很多海難的屍體在礁石群裡發現都是碎的，就是這個原因。

船老大答應我們先過去看看，看完之後，更是加錢都不肯讓我們下海了。他找人拿來船鉤，綁上壓艙石丟進水裡想勾住那個東西，可是浪太大了，鉤子下去勾住之後就馬上被浪打橫滑脫；有幾次是勾住了，但是用力拉的時候，那東西似乎卡在石頭縫隙裡，鬆動一下之後就再也拉不起來。

船老大和我說，這幾天浪是不會小下去的，還得等時機。

小林可能是和漁民耍慣了，偷偷和我說，塞錢給夥計：「你不是有錢嗎？這方圓幾百公里，能用錢做點兒啥的地方就這幾平方公尺，何其幸運。」

「原來你小子說話那麼損是嫉妒我有錢嗎？」我恍然大悟道。

「不是，我是不爽你那麼蠢但是還比我有錢。」小林給我打了個眼色。「這種事情我不好說，你自己上吧。」

出海捕魚收入很低，船老大剋扣得很厲害，這種大船更是這樣，給夠錢的話就好辦事。

於是我去交涉。這一船的人說的都是金鄉話（註6），小林負責翻譯。我偷偷和幾個夥計商議，果不其然，其中有一個身上紋滿了奇怪紋身的小夥子自告奮勇地報了名。

這傢伙是畲族的，姓藍，我叫他藍采荷，因為他確實是夥計裡最年輕的一

註6　浙江省溫州市蒼南縣金鄉鎮城區居民使用的一種吳語方言。

個。

他說他再過一個月就要離開這艘船，所以幫我無所謂，但是如果其他人收了我的錢，也就相當於和船老大鬧翻了。

我們和藍采荷約定了，等浪小些，他幫我們下海去看看。

我們重新上了皮筏艇回到礁石上，在極強的日晒下等到風浪緩坡的時刻，用繩子綁在藍采荷腰上，他就迅速攀著礁石往海裡潛去。

我看到他上上下下地圍繞那個東西游了好幾十次，才出水告訴我們：「這東西好奇怪。」

「怎麼了？」

「不知道是什麼做的，是軟的！但是韌性很強，使不上力氣。」

我立即意識到之前拉的時候感覺到的奇怪手感，如果下面這東西是軟的，那麼難怪鐵鉤那麼難勾住，勾住之後也很難使上力氣。

「你們上船去，我把鉤子綁在皮筏艇上，不往上拉，往外拉看看。」藍采荷道。

我們照辦，綁住繩子之後，藍采荷爬了上來，說這要是拔不出來，他也沒辦法了。然後他拿起槳，和我們一起用力往外划。

浪打來之後被反彈形成衝力，加上我們划槳，繩子綳緊、鬆掉、綳緊、鬆掉……過了十幾分鐘，忽然礁石那邊發出「咕隆」一聲，繩子一下子鬆了。

「斷了？」我問道。

藍采荷站起來拉動繩子。「沒斷，我們把那東西從礁石上扯下來了。」

他剛說完，繩子忽然開始急速往下沉去。轉眼間，繩子就被綳緊，拉動我們的皮筏艇往前一衝，接著皮筏艇像是鐵達尼號一樣被翻了起來。所有人都被甩飛進水裡，皮筏艇直接被拖進海裡，瞬間就看不到了。

我從海水中探出頭，心裡慶幸我沒有像自己筆下的主人公那麼弱，我的水性還是非常好的。

海水鹹澀，刺痛我的眼睛，我瞇著眼睛轉頭看了看，發現小林不見了。一邊的藍采荷探出水來，大喊：「他被繩子纏住腳，被拖下去了！」

「下面有多深？」

「不知道，不會很深的，最多三十公尺。」

我心想，老子游過最深的地方是兩公尺二十公分，社區游泳池深水區。

我翻身一把潛入水裡，海水刺得我的眼睛非常疼，我看到了橙色的皮筏艇就在水下四、五公尺的地方，下沉已經變得非常慢。

我只能看到一個模糊的影子，努力潛下去，就看到小林那傻子已經死挺在皮筏艇的背面。

我努力游過去，拉住繩子，顯然繩子那頭的那個柔軟的東西非常重，將皮筏艇往下拽去。可我游到小林旁邊，卻發現他根本不是被繩子綁住，而是抓著繩子跟著往下沉去。

我游到小林身邊，此刻他非常冷靜，用手指了指一邊的礁盤水下部分，我看了一眼也驚呆了。

第十九章　發現「牡蠣膠囊」

模糊中，我第一次親眼見到了這後來被我們叫做「牡蠣膠囊」的東西，布滿了水下礁盤的表面，成百上千。

阿鴻和藍采荷的敘述完全無法讓我想像，這個東西原來是這樣的。

根部緊緊地貼著礁石，和牡蠣附著礁石的方式相同，身體是一個類似於雞蛋的橢圓形金屬膠囊，上面已經布滿了海鏽；膠囊的尾端有很多天線一樣的突起，但不是針刺形的，而是猶如緞帶。

在水流中，這東西不會擺動，看來是剛性的，不過藍采荷說這東西是軟的，很可能是類似於鍛鋼一類的材料。

這東西已經腐爛得差不多了，上面全是海鏽和藤壺附著。在水中看起來，面目駭人。

這該不是一艘沉船的遺骸吧？我心說。這些金屬布滿鏽跡的部件，看上去真的很像是大型沉船的某一部分。

或者說，像是開在礁石底部的一種鐵鏽之花。

小林的氣也憋到極限了，我們兩個人一起浮上去，面面相覷，大口喘氣。

我想重新游回礁石上求救，小林擺手，我回頭就看到一個巨大的浪頭從我們頭上打了過去，把我們重新拍進水裡。

再次浮上來，我就明白在這種浪花下，我們沒有經驗，回礁石很容易受重傷。小林再次潛入水中，從皮筏艇上拔出一把刀，切斷了往下拉的繩子。

皮筏艇瞬間浮上水面，我們把它翻正了，都爬了上去，不知不覺間，眼睛都已經刺得睜不開了。

「那種海鏽最起碼有二十年的歷史，這東西在這裡很長時間了。」小林仰面說道：「牛氣啊，還真讓你找到一件真正神神道道的事。」

二十世紀八○年代末、九○年代初，這邊還非常窮苦，當時正是全國經濟剛剛崛起的時候，這附近也沒有什麼大型的勘探業。說白了，當時這裡是一個純漁業海域，這塊礁石也沒有任何的特別之處。

這個東西出現在這裡簡直是匪夷所思。

「我一定要撈一個上來。」我說道：「不管花多少錢，你給我想想辦法。」

「行啊。」小林道，話音未落，忽然聽到旁邊的藍采荷笑了起來。

我們坐起來，就看到他指著一邊的礁石，非常詭異地微笑，似乎那邊有什麼特別的事情在發生。

我們轉頭看去，礁石上面什麼都沒有。

接著，藍采荷忽然大叫起來，似乎在和礁石上的什麼人通話，用的是畲族方言，我們聽不懂。

這就更加奇怪了。小林罵道：「幹麼呢？被太陽晒瘋了？」

藍采荷看了看我們，嚇了一跳，一下子摔倒在皮筏艇上，臉色非常驚恐，似乎我們是可怕的怪物一樣。

我往前探了探，就看到他崩潰一樣地狂叫，猛地跳進海裡，躲到皮筏艇一邊，直勾勾地看著我們，眼神中滿是恐懼。

一個浪打來，我們都被沖向礁石，兩個人也摔進海裡。還好此時的浪不大，否則沒幾下我們的下場就會被船老大說中。

我們立即爬回到皮筏艇上，再手忙腳亂地把藍采荷強行拉上來。他看著我們，忽然叫起來：「走啊，走啊！」

我再次和小林面面相覷，我注視著藍采荷的眼睛，發現他雖然看起來像是看著我們，可瞳孔竟然是不對焦的。

他看的不是我們，似乎在看著另外一個世界的某種東西。

我腦子裡有什麼畫面閃了一下，毛骨悚然的感覺一閃而過。我意識到，他瘋了。

他和海流雲一樣，都瘋了。

第二十章　藍采荷也瘋了

我們把皮筏艇拖回到大船附近，夥計們把藍采荷從水裡拉上來。船老大一言不發，只說了一句我聽不太懂的金鄉話，應該是「讓你貪錢」之類的。

我和小林受的打擊不輕，藍采荷上大船之後就躲進船艙裡，他和海流雲一樣，似乎非常恐懼周圍的人。

船老大自此沒有給我們好臉色。當然，有小林在，他也不敢拿我們怎樣，只是不再採納我們的意見，直接開回港口。

我和小林好久都沒有說話。我靠在船舷上，也沒有夥計理我，我覺得他們似乎認為我在上岸之前也會瘋狂。

說實話，我真的非常害怕，感覺也不是沒有瘋掉的可能。

之前我一直覺得很奇怪，老軍和南生出海為什麼會落水溺亡？現在我算是明白了，好在小林和我水性很好，而且我們是三個人前去的，遇到緊急狀況可以互相救助，否則真不知道會發生什麼事故。

小林似乎並不擔心，只是和我說了好幾次如果需要賠錢讓我來賠；然後又說，真的應該聽我的，先買一份傻子險。

我和小林回到岸上三天了都沒有任何變化，而送到醫院的藍采荷，被診斷出嚴重的精神分裂症，是完完全全地瘋了。

畢竟是因為我的緣故，才導致他得了這種病，所以這件事情我十分內疚，負擔了藍采荷所有的醫藥費，還給了他家裡一點兒錢。其間我和醫生仔細聊了聊，醫生說他並不是專業的精神科醫生，只是在地方醫院待久了，見過的怪病太多，但是瞬間就瘋成這樣的，他還沒有見過。

精神異常的狀況是逐漸產生的，只有在患者原本就有精神疾病的情況下，被驚嚇到才會突然發病。

要讓一個正常人瞬間瘋成這樣，很可能是生理性的，也就是說在那一剎那，他的大腦內部受了損傷。

我想起了在樂清看到的關於海流雲的病歷，她曾經做過腦部斷層掃描，結果顯示沒有發現異常，所以我估計藍采荷這裡，他們也不會有什麼發現。

地方醫院很忙，要做腦部斷層掃描的話，必須安排在一週之後。

我覺得非常奇怪，為何我和小林都沒事？按道理，三個人之中，受巨大刺激誘發精神病的機率屬我最高。

離開蒼南之前，我和小林喝酒說到這個，小林想了想說道：「可能我們中只有他碰過那些東西。」

「什麼東西碰一下就會發瘋？如果是神經毒氣之類的東西，我們在海水中也會受到汙染啊。」

「按照你的說法，這已經不是第一次了。」小林抽著菸道：「你寫了那麼久神神道道的東西，終於讓你碰上一次真的了。你應該知道，這種事情有個『可能』就很不錯了。」

寫懸疑小說的害處就是，無論你賣多少冊、賺多少錢，別人形容你的時候，都和大學時形容你一樣——一個寫些神神道道東西的人。

現如今也只有小林的說法比較能讓我信服，我嘆了口氣，決定以後做事的時候，要做更加完善的準備。

當時出海沒有想到要準備潛水的人員和設備，下水也沒有想到要戴手套，我們有大量的破綻。

小林問我接下來怎麼辦，我心說現如今，要弄清這件事情，必須找到這一切的起源——南生。既然他平安無事，那麼我應該很容易在上海找到他。

小林卻搖頭，說道：「所以說你的小說總在關鍵時候缺乏邏輯關聯。你不覺得你應該去樂清，再去找那個什麼你的讀者，流什麼來著？海流氓？」

「海流雲。為什麼？」

我確信在海流雲身上沒法找出任何線索。

「海流雲可能碰過那東西，所以她瘋了。為什麼她家裡人都瘋了，如果瘋狂可以傳染的話，我們早就傳染上了。事實證明，只有接觸才有可能讓人瘋狂。」

第二十一章 再探海流雲的家

我夾了一口菜，一邊思索小林的話，菜沒咀嚼幾下我就吐了出來，覺得舌頭發苦，渾身發冷。

「你是說，海流雲事實上帶了一個那種東西回來，還帶回自己家裡？所以——她家人才會遭殃？」

我想起她家人畫的那張圖。

小林點頭，指了指菜說道：「這頓你請。」

小林說得很有道理。他在大學的時候邏輯性就非常強，而且強到一種變態的級別，基本上任何懸疑小說他都認為破綻太多。

我們吃完飯告別，他告訴我，以後這種事別找他了。來蒼南玩可以，再讓他安排出海，他就弄死我。

如果是我小說裡的情節，我是應該去樂清，爬牆進去海流雲家探個究竟。反正小說情節是我控制的，牆雖然難爬，但總是有辦法爬，進去了就算驚動鄰居也肯定能逃脫，無非增加一場動作戲。

在現實生活中，我想到的第一個方法還是找海流雲的父母。

一家幾口人都出了事，兩個老人受的打擊是十分大的。

我去的時候，看到他們住在山上的一間農民房裡，外牆是水泥的，應該是二十世紀九〇年代建的。海流雲的孩子在一樓的廳裡看電視，老太太在廚房做飯，不見老頭。

我覺得現在進去不合適，便一直在外面等到飯做完，婆孫兩人吃晚餐，才進去說明來意。

當然不能說我覺得妳家女兒有個東西我很有興趣，妳能不能打開房門讓我進去搜羅一下。

我表明了身分。相信海流雲在家裡說過很長一段時間我的事情，畢竟是我這麼多年的讀者了，長輩或多或少也應該知道一些。

果然不出我所料，老太太還是很尊敬作家這個身分的，端了茶水給我，然後打電話讓老頭回來。

老頭是去醫院送飯給海流雲，回來時一臉愁容，感覺上精神壓力很大。這是我切入的好時機，我就對他們道，我也許能查出海流雲一家瘋狂的原因。

我把海流雲帶南生到醫院找我和之後的一些經過，加工了之後告訴他們，當然說得沒有那麼玄乎。老頭聽完後，就搖頭，對我道：「我知道你說的那個小夥子，沒有用，他也來找過我們，說過一樣的話，但是他在娟子家裡什麼都沒有找到。」

這讓我覺得很意外，我以為南生後來沒有再介入這件事情了，沒有想到他仍舊很活躍。

這也讓我很欣慰，至少這件事情會一直是他的事情，不會直接轉變成我的事情。

我問老頭，難道南生沒有從海流雲家裡帶出什麼東西來嗎？老頭很堅決地否定了。

而且南生到這裡的時間也沒有相隔很久，差不多是十天前，來的當天進了房子，當天就走了。

這讓我有點心灰意冷。如果你們見過南生就知道，他是那種非常細心的上海人，觀察力一看就很強。這孩子做事應該非常可靠，如果他什麼都沒有發現，那我可能真的也發現不了。

不過老頭還是帶我去了，畢竟我大老遠來一趟，不帶我去也說不過去。我回到海流雲的家門前，老頭打開那扇誇張的大門，就看到裡面有一個巨大的院子。

這種院子是違規的，看來海流雲的老公真的相當有錢，能在樂清這種地方搞這種場面出來；也難怪她不但有時間，還能坐著飛機滿世界追星。

進到屋裡，我就看到了駭人的一幕。屋裡的牆壁上，到處都是器物敲砸的痕跡。

老頭說這是海流雲回來那天砸的。本來她都已經睡著了，忽然半夜起來開始砸東西，怎麼攔都攔不住。當時他不在場，據說她公公和老公在阻攔她的時候都被砸傷了，這才把她送到醫院去。

我的觀察力還是比較好的，只看了這些砸痕一眼，就發現奇怪的地方。

在大量雜亂的砸痕中，有一些砸痕無論是力道、間隔距離還是水平位置都很有系統，似乎是按照幾何規律在在牆壁上砸坑。

而其中有一面牆壁，則是另外一種狀態。這面牆壁好像被衝鋒槍掃過一樣，上面被砸的狀態已經無法分辨有沒有規律、是幾個人砸的，這面牆壁已經完全被砸爛了。

第二十二章　第二次破壞

我來到海流雲的臥室，這裡是被破壞得最嚴重的地方，簡直像是要重新翻修之前的裝潢一樣。但一路上來，沒有看到我想找的痕跡。

從海流雲的臥室可以看到他們家的大後院。相較之下，前院只是普通的規模，但是海流雲家的後院，在這個縣城來說，已經算得上是一個小園林了。光槐樹就有四棵，懂園林的朋友應該知道，這種樹是很占地方的。

按照我的習慣，我會把園林大概的樣子形容一遍，但是這一次我做不到了。因為除了這四棵槐樹，這個院子的其他地方都被挖得千瘡百孔，有二、三十個大坑。

最近下過雨，大坑中都積著泥水，看上去像是翻修中的工地。

我看老頭的表情就知道他也很震驚，顯然這個景象是他離開之後發生的，有人沒有經過他的允許，挖了他女兒家的院子。

他的手都氣得哆嗦起來，我害怕老人家出事，立即安慰他。他一邊用樂清話罵罵咧咧，一邊拿手機報警。他眼睛老花得很厲害，手機都要貼到眼睛了才能按對號碼。

我回到屋裡，站在那面被砸得千瘡百孔的牆邊，開始遍體生涼。在這個凌亂的現場背後，隱藏著另外一次破壞活動。

海流雲發瘋所造成的破壞，不至於像現在我看到的這樣徹底。有人在我來之前進入了這裡，利用這裡的凌亂進行第二次破壞。

這一次破壞的目的應該和我的目的一樣，尋找某樣東西，但是顯然最後在屋子裡沒有找到，否則他們不至於把院子都挖開。

不過說起來，這也夠喪心病狂的了。

這樣的局面，我很難判斷對方有沒有找到那個「膠囊」，不過我沒有理由覺得海流雲會把東西藏到這種地步；而且那東西的體積不小，能藏的地方有限，都找成這樣，要嘛這東西不在這房子裡，要嘛應該已經被人帶走了。

我利用警察來的這段時間，粗略地在樓上、樓下找一遍，明知不會有什麼結果，但還是抱著一絲僥倖。找完之後更加確定了我的想法，這個家裡任何能藏東西的地方都已經被開膛破肚了。

唯一讓我覺得奇怪的是那面被砸爛的牆壁，牆面幾乎全部被敲得脫落了，如果單純是發瘋或者是想看看牆是不是空心的，不需要砸那麼多下。

感覺上，做案的人正對這面牆發洩著巨大的憤怒。

之後，我又來到院子裡。這裡沒有什麼現場保護，暴雨把整個院子都沖成了泥漿池。

做案工具就架在一邊的牆壁上，旁邊還有一副塑膠手套。

鏟子和手套放得十分整齊，這個和我目的相同的人一定是個做事一絲不苟的人。而且，我驚奇地發現，做案人員應該只有一個，因為在後院的雨棚內，我只看到一對泥腳印。

我不由自主地想到南生，我沒有其他線索，但是似乎所有的痕跡都很符合我對他的印象。

當天整個下午，我都在警察局裡聽老頭控訴人生。他們家這個狀況，已經超過了「屋漏偏逢連夜雨」的窘境，確實應該控訴一下。之後我簡單地介紹一下我的狀況，便離開了樂清。

我心中急於求證一個事實——南生並沒有像我想的那樣超脫於世外，我需要找他聊一聊。如果不是他在海流雲家尋找那個膠囊，那麼我至少可以劃去一個可能性；如果是他，那麼他身上一定已經有了我意想不到的進展。

因為整個現場的狀況，每一個細節都透露出一種接近癲狂的氣息。

第二十三章　南生再次出現在我面前

在樂清住了一個晚上，我將阿鴻的畫貼在辦公桌前的牆壁上，然後靠在椅背上，看著那幅畫發呆。

這玩意在水下看的時候很大，如果海流雲把這個東西帶回來，她是不可能瞞過船家的。

她上了岸就瘋了，也不太可能有我們所不知道的第二次出海機會，所以，船老大應該隱瞞了這件事情。

這種隱瞞幾乎可以肯定和老軍的死有關，畢竟在船老大的船上死了人，如果情況有些特殊，他們一起隱瞞的機率會高得多。

看樣子南生出海的時候發生的事情，我要重新再調查。可惜我不是警察，否則可以使用威嚇戰術，我就不相信那個船老大不說。

我傳了一條簡訊給小林，讓他想辦法幫我再去套話。另外就是，必須找到南生，他也一定知情。

小林回了一個字給我。

「滾。」

但是我知道他能查的話一定還會幫我查的。嘴巴那麼毒的人，如果性格上不是有過人之處，誰願意和他交朋友。小林是可以託付我信任的那種人。

在之前的事件中，我一直沒有和南生互留聯繫方式，顯然當時雙方都有所保留。回到上海之後，我發現自己完全不知道從哪裡去找他。

我僅知道他的名字，在Google上搜索起來只出現一些無關的垃圾訊息，這個結果多少有些讓我驚訝。這個人是一個現代上海人，按道理，這樣的人應該不可能屏蔽網路的侵蝕。

不過即使如此，調查南生也不是一件難事，我從之前海流雲和我說的一些細節順藤摸瓜，從少量的線索查出了他是上海交通大學物理系的畢業生。

物理系的就業方向比較窄，他的檔案沒有更新，所以查不到他就業的地方，但是能看到他參加了第一次招聘會之後，就沒有繼續找工作。

我查了那一次招聘會關於物理方面的就業職位，發現幾乎沒有，也就是說，南生最後從事的工作非常可能和他的專業不一致。

我找到了一個南生的大學同學，他告訴我，南生因為比較工於功課，所以畢業之前，導師一直希望他能夠繼續讀研究所，但是南生很堅決地拒絕了，最後好像進入一家外資公司工作，收入很高，就是平時不是特別自由。南生的性格非常適合在這樣的單位工作，至於公司的名字，他也不清楚。

他告訴我，他和南生平時有些聯絡，見面地點是在籃球場，因為他們倆以前都是校隊成員。畢業之後，平時就鍛鍊身體、碰一下面，並不會說太多，所以關於南生工作上的事情，基本沒有交流。只有一次，南生特別高興，提過一句，說他們馬上就要有突破了。

他和南生最後幾次見面，南生的狀態已經出現了問題。之後他們再沒有見過面，南生的手機號碼之後也換了。

我非常驚訝事情會變成這樣，顯然之前我對於南生的謹慎、周到、一絲不苟的印象，太過於不當一回事了。

這個男孩對於自己的隱私保護得十分完美，從我的生活經驗來看，這樣的人會十分難以對付，我也許不太可能透過自己的方式找到他。

我嘗試用各種方法，用錢、用人脈來尋找，都沒有任何反饋。就在我快要絕望的時候，忽然有一天，他卻出現在我的會議室裡。

說實話，南生的這種出現方式顯得我很蠢，當然我的消息滿天下都是，他要找到我簡直易如反掌。

我是見到他之後，聽他說話，才認出那是他——他已經和之前的樣子完全不同了。我不知道他多久沒有洗澡，滿臉的油脂，鬍子有一截手指長，頭髮打結，滿是頭皮屑。

他的臉幾乎是慘白的，但不是健康的那種白色，反而像是皮膚壞死的狀態，一看就知道，這個人飽受失眠的困擾。

「你在找我？」他說話的時候，語氣都是虛的。

「你怎麼了？」我幾乎是反射性地問他。

「我不能睡覺，我再也受不了了。」南生對我道：「他想逼瘋我，他說的那些事情，我們不應該知道，這個世界上，沒有人應該知道那些。」

第二十四章　夢話的升級形式（1）

我聽到這句話之後情緒很奇怪，一方面，南生的狀況讓我很擔心；另一方面，我感覺到一絲轉機。他之前答應把最後部分的錄音寄給我，但是沒有寄，那幾段錄音應該牽涉王海生臨死之前的所有訊息，甚至可以知道他是怎麼死的。也許這些訊息中透露的細節，能讓整起事件有突破性的進展。

「你是說，你已經知道了王海生想傳達給你的訊息？」我沒有立即追問，而是壓住了好奇心。

南生就笑了，我從來沒有看過那麼輕蔑的笑。他臉上的笑容是在嘲笑我的無知，但是這種嘲笑你完全無法生氣，因為嘲笑的背後是一種絕望。就好像是死囚嘲笑獄卒的那種冷笑。

「不，我不知道。」南生搖頭。

「那你這麼抗拒聽這些夢話做什麼？這麼多年了，你早應該習慣了。」我感到奇怪地道：「難道你有預感會聽到自己不想聽到的東西？」

「夢話？」南生從我的桌上拿起一根菸替自己點上。「不，在我從花頭礁回來的當晚，我就不說夢話了。」

我愣了愣，沒敢接話。他接著說道：「一直到現在為止，我晚上再也不會說夢話了。」

他笑起來。「剛開始的時候我還鬆了一口氣，雖然不知道其中的原理和邏輯，但是我應該算是把王海生的問題解決了，這件事情告一段落了。」

他的話最後明顯要接一句「沒有想到」，我接著問：「有發生你意想不到的事情？」

南生抬頭看我，他的表情非常難以形容，那是一種瀕臨崩潰的絕望。

「他改變了方式。我覺得，王海生喪失了耐心，從花頭礁回來三天後，我身邊開始出現各種奇怪的現象——他和我的溝通方式忽然改變了，變得……變得非常有攻擊性。」

事情開始朝我意想不到的方向發展。

南生學我一樣深吸了一口氣，說道：「以前，雖然我每天晚上都會說夢話，但是一直到現在，我白天的生活都沒有什麼異樣，所有的一切似乎只會在我睡夢中發生。所以，這對於我來說是一個小困擾，並不影響我的生活。但是到了前幾個星期，情況發生了變化。」他頓了頓。「他開始在我的日常生活中出現了。」

「你看到王海生了？」我冷汗冒了出來。這真是大白天談鬼事，談到鬼都出來了。

「沒有那麼直接，但是我開始發現一些奇怪的痕跡出現在我面前。」他捂住臉。「他開始影響到我的正常生活。」

我開始明白南生這種絕望情緒的緣由。如果說之前的夢話還是心理學的範疇，你不願意去相信鬼魂之說的話，那麼你還有幾百個心理學名詞可以勉強解釋這件事情。在這種情況下，人是搖擺不定的。即使南生告訴我們，他認為這件事情就是王海生的鬼魂作祟，但是他內心仍舊可以認為，這一切是因為他思維上的問題導致。

但是，一旦這個問題從大腦延伸到現實世界，那事情就被坐實了。現代人很難接受有個鬼魂在拚命向自己傳達訊息這樣的命題。

這個世界上有兩種人，比如我，就算房子漏水了，只要不下雨，我可以一直不去修補；而南生這種性格，是屬於不會放任問題存在，會在第一時間解決的人。但是王海生的事情他毫無頭緒，這種無法靠苦熬和執行力解決的問題橫在他面前，會讓他逐漸崩潰。

第二十五章　夢話的升級形式（2）

南生抽著菸，開始和我敘述他的經歷。

「我一直一個人住，從我住的地方去辦公室，需要一個小時的時間，所以我每天的作息必須非常規律，這養成了我守時的習慣。我每天晚上九點半準時上床休息，看書到十點十五分基本就能入睡，然後在早上七點起床，早上八點半我能準時到達辦公室。」

在南生的敘述中，他的生活猶如機械的鐘擺一樣精確，這和他之前給我的印象很吻合。

日復一日的相同生活對於我來說可能是一種折磨，但對於他這樣的人來說，意味著安全感。

南生的早餐也非常固定，只有三個選擇，在他去辦公室的地鐵口有一個早餐攤位，有三種食物可以選擇。在南方生活的上班族很熟悉這樣的早餐商販。

他每次經過這個攤位，都會買一種食物，然後在旁邊吃完，進入地鐵。無論是否有座位，都會選擇站著到達終點站。

所有的異常，開始於這家攤位老闆的一句話上。

某一天，南生經過地鐵口買早餐的時候，攤位老闆說了一句話：「喲，昨天沒有睡好吧？」

南生並沒有在意這句話，他認為只是攤位老闆的一句客氣話。他往往都是第一個到達公司，然後開始一天的工作。

他工作很專注，往往工作到晚上八點以後，再原路回到家裡，刷牙洗臉休息。

在他聽到攤位老闆對他說「喲，昨天沒有睡好吧？」這句話之後的一個月裡，他開始感到前所未有的疲憊。

南生不知道自己身體出了什麼問題，像他這麼謹小慎微的人，對於自己體力的變化是非常清楚的；但他的工作強度，讓他沒有時間去細細思考。當時他的工作正在關鍵時候，只好開始吃一些補藥，希望身體能有所改善。然而，很快的他就發現，他的疲憊感越來越嚴重。

「讓我意識到問題所在的，是身邊一些人對我的評價。」南生臉上的疲憊和他訴說中的情況非常相似。他的身體越來越疲憊，同時，他有些異樣地發現，他的生理時鐘開始失靈了。

他開始早上會晚醒過來，出現了遲到的情況。有些時候遲到的情況驚人，他會到中午才醒來。

這讓他覺得不可理解，他是一個對於睡眠非常自信的人，他的生理時鐘和鐘錶一樣精確，他無法理解自己在哪個方面做錯了，導致了生理時鐘的紊亂。

他仔細地思考了很久，都沒有答案，於是去看了醫生。

醫生看到他的第一句話就是——「你最近是不是在失眠？」

南生當時是否認的，但他聽到醫生的這句話之後，他立即就省悟過來。

如果他的白天沒有發生任何問題，那疲倦的原因一定和他的睡眠有關。

「我的睡眠……」南生告訴我：「我之所以那麼疲倦，是因為我的睡眠出了問題，讓我無法恢復體力。」

「可，這是怎麼形成的呢？」我問南生。

南生說道：「我首先考慮的就是王海生，是不是他在影響我的睡眠？難道是他故意要讓我那麼疲倦？但之前他並沒有這麼做，為什麼他會突然有這樣的舉動？我想了很久都沒有答案。但在我開始疲倦之後，我回到家裡，沒有時間進行閱讀，而盡可能地早點休息。我就覺得，是不是他在焦急地想讓我盡快進入睡眠。他需要我更長時間地入睡。」

我點頭，手心裡有些出冷汗，因為我也是這麼想的。

「但這沒有邏輯，因為他什麼都不說。」南生的臉色越來越蒼白。「我的錄音筆裡聽不到任何聲音。他焦急地想讓我進入睡眠，卻什麼都不說。我想通之後就意識到，如果他不再說話，難道是他做了什麼？」南生說著，從腳邊的背包裡拿出一只隨身碟。「我把我睡覺時候的樣子，錄了下來。」

他渾身發著抖，顯然這只隨身碟裡，有著他極度恐懼的東西。

第二十六章　照片

我在筆記型電腦上打開了隨身碟，裡面只有一個影片檔案。

南生就在我旁邊，沒有挪過來和我一起看，而是一副失神的狀態。

我打開影片之後，最開始看到的畫面，是躺在床上的南生。監視器在房間的一角，鏡頭裡正好看得到他的全身。他躺下休息，我按了一下快轉，過去只有五、六分鐘，他就睡著了，身體開始有規律地呼吸起伏。

他的房間裡裝著緩釋的燈光系統，慢慢地，燈光暗了下來，鏡頭也變成了夜視模式，整個畫面是黑白的。

大概又過去了二十分鐘，我才看到南生動了一下。我以為他只是翻身，但他動了一下之後，卻沒有停下來，而是每隔幾秒，都會重複地抖動一下。

我的冷汗由背脊流下，看影片和聽夢話的感覺完全不同。我的腳心開始發麻。

我認得這種頻率的抖動，那是國家地理頻道，看獅子在咬食已經死去的獵物，屍體就是這麼抖的。

我的第一感覺是，南生的被子裡，有東西在撕扯他；但接著，我就看到南生的上半身坐了起來。

他起身的動作非常奇怪，就好像後背有什麼東西，將他拱了起來。他每次只能起身一個很小的幅度，所以大概半個小時之後，南生才完全坐起來。

整個過程並沒有讓我覺得煎熬，因為在黑白畫面看著這種動作，非常詭異。接著，坐起來的南生忽然對著一個方向，舉起了手。從手指的狀態來看，這是南生指著自己房間裡的一個東西。

在他舉手的瞬間，我彷彿看到世界上最不可能的事情，童年看到的所有恐怖故事，都不及這一秒讓我寒毛直立。我彷彿看到王海生趴在南生的背上，艱難地把他推起來，然後舉起他的手。

這個動作一直保持著，我呆呆地看著，隔了很久很久，我才問：「那個地方有什麼？」

他指著的那個地方，有什麼？

「那是一個相框，相框裡有一張照片。」南生說道：「我在花頭礁外拍攝的一張照片。」

南生一共錄了五天的影片，但最終他只給了我一份。他也沒有一天一天地記錄下去，顯然他無法承受影像的壓力，這和夢話是完全不同的情況。

在第一段影片中，南生整個晚上都指著他房間的一個方向，細想之下令人毛骨悚然，無法釋懷。以這種姿勢持續一個小時，普通人已經吃不消了，何況是一整個晚上，南生疲倦的原因顯而易見。

按照南生的敘述，之後的一段時間，他的疲倦感越來越重，顯然王海生的行為越來越激烈。但這些檔案我都沒有看到，南生說，他沒有勇氣再看一遍那些影片，也不願意別人去看。

所有的這些行為，都似乎有不同的用意，特別是那張照片。在五天的影片中，有三天和那張照片有關。

照片是他們出發前往花頭礁時在礁盤外面拍攝的，當時南生在小艇上，已經離開了漁船，有人——很有可能是海流雲——叫喚了他一聲，替他拍攝了這張照片。南生並沒有露出笑容，而是很凝重地看著鏡頭。

海面很平靜，類似於熱帶濱海酒店的宣傳海報中，那透明的海波和海下顏色分明的乾淨海水。遠處能看到礁盤，只是一些小小的黑點，說明當時水位很高。

遠處碧空萬里，發白的陽光導致了曝光過度。我沒有看到任何異樣，或者值得注意的部分。當然，我相信這張照片上的訊息非常難以破解，否則以南生的觀察力，肯定第一時間就發現了。

我拿到這張照片的時候，看了很多次，都沒有結論。南生也告訴我，他每天都在看這張照片，想找出王海生提示的訊息，但一直沒有任何結果。

隨著南生陷入困境，王海生的表現也越來越不耐煩。無數的奇怪事情，開始在南生四周爆發性地出現。

第二十七章 他想出去

在這段時間，南生一直在迴避我，這個原因我尚且不知，他也不打算說，但最終發生的事情，讓他決定回來找我。

兩個星期之前，南生家裡出了一個小事故——他家廚房的自來水管自然爆裂了。當時他不在家，是水流到外面，被鄰居發現打電話。南生回去的時候，積水已經有一個巴掌深，很多地方都被水給泡了。廚房裡鋪著瓷磚和大理石，都是防水和防油的，南生在清理的時候，發現有一點很奇怪。

靠近灶臺的旁邊是一個窗戶，水濺到那個窗戶之後全部灌到紗窗的拉槽裡面，拉槽裡面都是水，在他用抹布擦拉槽的時候，那個窗戶因為裝潢不牢固，竟然掉了下來。

一開始，南生並沒有感到太驚訝，因為它已經不是第一次掉了，於是他想趁這次機會，裡裡外外清理乾淨。但在那個時候，他發現這個窗戶上面似乎有什麼劃痕。

抽油煙機排氣孔就在窗戶旁邊，所以這個窗戶的外沿有一層薄薄的油脂，他洗掉了表面一層，才發現這些劃痕。

這些劃痕看上去像是指甲劃的。

剛發現的時候，他以為是玻璃本身的問題，如果這塊玻璃本身有瑕疵，安裝的時候他沒有發現，那也沒什麼問題。

之後，他收拾家裡其他的地方——南生家不大，他決定把所有地方都打掃一遍，在他把地板全部處理完成之後，去擦其他窗戶的玻璃——結果他在那些玻璃上也發現了同樣的劃痕，而且痕跡更多了。他檢查所有的窗戶，發現所有的玻璃窗，無一倖免都有劃痕。

在他五天的攝影中，並沒有拍攝到窗戶，但他知道，這就是王海生幹的。王海生在他睡覺的時候，利用他的身體在撓窗戶。

讓他覺得更不舒服的是，這些劃痕看上去有一些時間了。南生忽然在那個時候意識到，這種異變，並不是在他感覺到疲憊的同時開始的。

王海生可能很早就不滿足於用語言來傳遞訊息了。

「要在玻璃上撓出那麼多的痕跡，沒有經年累月是不可能的。他早就在撓了，因為我一直只是錄音記錄，沒有影像記錄，我並不知道這種變化是什麼時候開始的。」南生捂住臉，聲音非常絕望。

我的手控制不住地發抖，卻還是點上一根菸，抽了幾口。我確實因為常年寫作，對於這種事情更加冷靜。在我的判斷裡，王海生抓撓窗戶也許是因為無比的狂躁，有什麼事情即將要發生了，而他沒有辦法讓南生知道。也許，還有另外一種原因。

他想出去。

我沒有說出這個可能性。按照寫小說的邏輯，我幾乎可以輕易地還原出王海生的一些細節，但這些都是偽命題，是不可能被證實的。現在能證實的只有一點——

王海生開始無所顧忌地在南生身邊強調他的存在。

我看著筆記型電腦的螢幕，心中的涼意讓我不停地起雞皮疙瘩。這到底是怎麼回事呢？

我看著南生，他的表情中有恐懼。這次見面以來，他都是一種遊走在瀕臨崩潰邊緣的狀態。

我等著他繼續說下去，他的表情非常疲憊。我盯著他一會兒，我慢慢地感覺到，他恐懼的部分，可能和我想的不一樣。

第二十八章　南生自殺了

難道，南生身上還有我不知道的更嚴重的事情？

我心中「咯登」一聲，就道：「我覺得你這個人非常有分析能力，你的思維方式非常有邏輯，我相信你到我這裡來，肯定不會是為了帶一個淺顯的難題過來，你一定已經有了結論，你不妨把這個結論告訴我。」

南生看著我，忽然笑了笑，對我說道：「我記得我和你說過，我認為王海生並不是想告訴我，死後還有另外一個世界，而是想告訴我其他訊息。這些現象，表明他想告訴我的這件事情，已經到了非常緊急的階段，有什麼事情要發生了。」

他拿起那張照片，又說：「你說得對，我沒有想到你能意識到這一點。是的，透過這張照片，其實我已經知道了，王海生要告訴我的事情是什麼。這才是我來找你的真正原因。」

「你是來告訴我的嗎？」聽到這句話，我心裡既緊張又興奮，似乎有一根羽毛在撓我的心口。

南生道：「這件事情，對我有著重大的意義，但是我不能告訴你。」

我道：「為什麼？」

南生道：「這和我的工作有關係，我的職業道德讓我不能現在告訴你這些。」

我皺起眉頭，問：「你畢業後到底做了什麼工作？」

南生搖了搖頭，眼神中有一絲城市裡的男孩子少有的堅持。「我不能說，這是原則問題。我只能告訴你，我的工作，和我們的世界有關。」

這句話是十分空泛的。和我們的世界有關的工作，幾乎可以涵蓋世界上的所有工作。

我知道他學的是物理，物理學確實和世界有關，但是我們無法否定演員、餐飲、旅遊業都和這個世界有緊密的聯繫。

「你不用擔心，雖然我現在不能告訴你，但是我很快就能把我知道的一切，用另一種方式傳達給你。」

南生說的這句話，讓我印象很深。城市裡的孩子一般不太會有那麼堅定的立場，以至於我聽完這句話之後，立即打消追問的念頭，同時也打消了我另外一個念頭。

之前我一直想讓他把最後幾天的夢話錄音給我，或者他可以直接告訴我夢話的細節；我也想問他出海時，老軍是怎麼死的。不過，南生現在的狀態，我有一種直覺，我不適宜問太多。

可能是我為人謹慎的原因，這在其他時候並不算是缺點，但是順著南生的語境，我覺得追問下去會破壞現在的信任關係。他如果開始厭惡我了，最終可能什麼訊息都得不到。

我想把南生留下來吃晚餐，他沒有答應。我向他要了手機號碼，他喃喃了一句「其實沒有什麼必要」，但還是用他的手機撥通了我的電話，然後讓我將號碼存下來。

拿到了他的手機號碼，我心裡放鬆一些。將他送走之後，我開始思考他今天講的一切。

結果是令人振奮的，因為他顯然已經知道了王海生的目的。事實上，根據南生剛才所說的話，如果能知道他的工作性質，我相信我自己都能推測出一二來。

他說他會使用其他方式來傳達給我，我覺得是因為合約的限制，或者是他想透過書面的方式來進行傳達；也有可能是因為訊息量太多，或許還需要經過某一個人同意；或者單純就是還沒有準備好。

他的表述雖然有些古怪，但是無關緊要了，答案就在眼前，只是需要我的等待，這點耐心我還是有的。

我為下一次和南生的見面制訂了一個計畫。

我會選擇去上海一間私密性非常好的私家會所，在那裡準備兩瓶家鄉的米酒，這種酒加入了一種紅色中藥，喝起來酒味非常淡，但是很容易喝醉。

然後我又耐心地制訂了一個提問計畫。如果再跟南生見面的話，我準備誘導性地向他提問，把自己放在下風，讓他緩緩地獲得說教者的快感，這樣他會不由自主地說出更多，也喝得更多。

雖然有點像是騙人失身的設局，不過也沒有更好的辦法。

那天晚上我睡得格外香，這件事情緩慢地從一件失控的、緊迫的突發事件，變得可控和可計畫。

的。

對於一個寫作者來說，沒有比這種情況更讓人放心的了。

我沒有想到的是，情況在第二天就發生了變化，而且這個變化還是決定性的。

南生自殺了。

第二十九章 另一種傳達方式

因為在和南生交換電話號碼的時候，他是用手機撥通我的手機，讓我存下手機號碼，所以他手機最後一通打出的電話是打給我的。

我循例受到了警方的詢問，這段時間我已經接受警察好幾次詢問了，對於他們的手續有些無奈的熟悉。

警察沒有和我說南生自殺的經過，不過後來我從他同學那裡了解到，南生把自己淹死在浴缸裡，沒有服食任何藥物。

我不知道他選擇溺死是否和王海生也有可能是溺死有關，但是我知道要在浴缸中溺死自己是非常非常困難的。除非事先就失去了知覺，否則他就是以驚人的毅力把自己活活憋死。

我的人生中還沒有任何一次這樣的經歷，我全身心為之思考、調查的一件事情中的重要一人，忽然死亡了。

我腦子空白了很久，想不到應該用什麼詞語來形容此刻的心情。不是悲傷，我對於南生沒有感情；也沒有惋惜，我還沒到那個悲天憫人的年紀。我是覺得自己被這個事件的走向打蒙了。

南生的死，讓我第一次仔細地審視整件事情。從海流雲瘋了開始，到老軍死亡，藍采荷失智，這件事情的危險性已經被現實證明出來，它毫不留情地幹掉了所有想窺探其祕密的人。

假設王海生是第一人，到現在為止，已經有五個人遇難。它不再是我應該端著咖啡杯當成寫作題材的八卦，而是一件真正可怕的、危險的事情。

我想到南生臨死之前和我說的，他將會用另一種方式傳達訊息給我。這是他第二次說這些話了。第一次他沒有履行，也許是因為他的意思是他會在死後再進行這件事情。如今他真的死了，相信會有人替他履行這項工作。

有可能是因為他死亡之後，很多事情的保密協議他就不用再履行了。然而，仍舊沒有。我一直以為他想和我說的話會透過郵寄或者電子信件的方式傳達給我，可是沒有，這件事情強行被停滯了半年。

這半年我一直在低落的情緒之中，整件事情也完全中斷。南生臨死之前那段時間很多人對他狀況的描述，我仍舊是從別人那裡得知的。如我之前的判斷，南生的生活非常晦澀，這些人的描述幾乎都毫無價值。我也想找到他的家人，進入他的房間去看看，但是似乎他的身分有些特別，他的私生活方面連一絲消息都查不出來。

而一直到半年後，我忽然發現，我開始出現了說夢話的狀況，才真正明白，他說的透過另一種方式傳達訊息給我，是什麼意思。

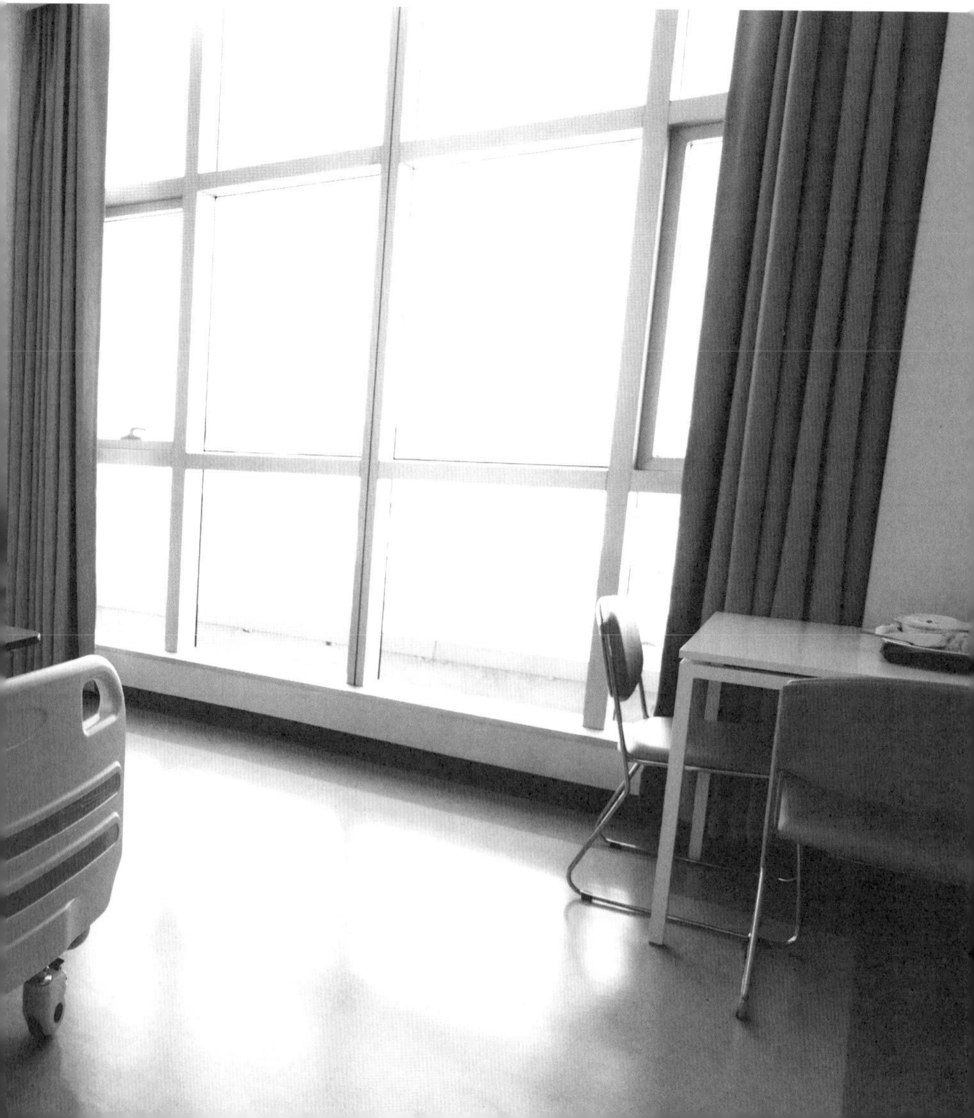

中篇

瘋人院

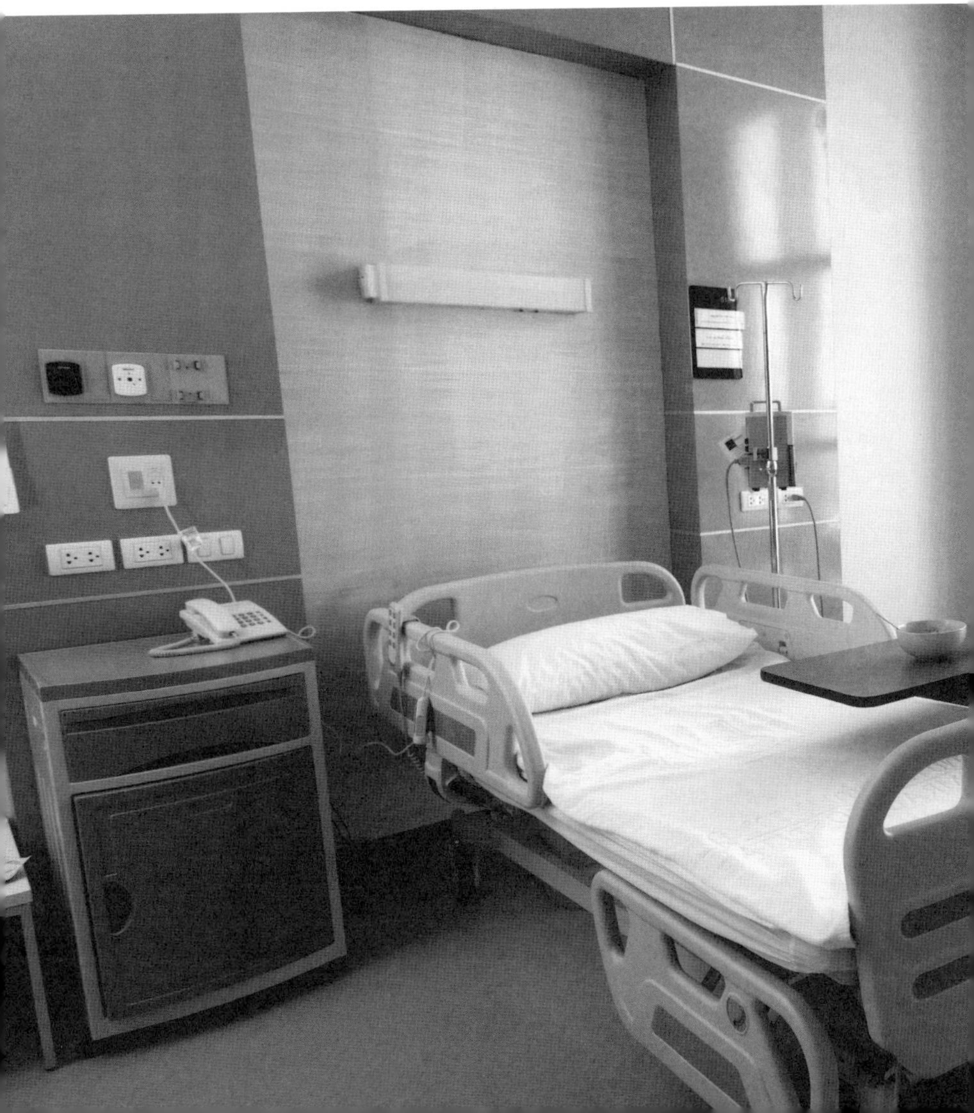

第三十章 命名為《世界》

故事進行到如今，一直是在一種極度緊張和焦慮的情況下。在這裡稍微舒緩一下，插入一段平行時間裡發生的事情。

南生死後，我主動調查的可能性，變得微乎其微。事情在這種情況下中斷，比之前或者之後都讓人難受。

中國人在最困難的時候，喜歡從宗教這邊獲取一些安慰。

因為事情太過詭異，我又不是南生這種口舌上很嚴謹的人，所以我身邊的人很快都知道了這件事情。

反應大概有兩種，「他又在炒作他的新書了」和「你看，這種東西寫多了，精神就會出現問題」。

有讀者建議我去找大師看看，我對於鬼神之說一直處於搖擺的狀態，所以沒有成行。不能說不信，也不能說信。我很大程度上認為，即使有另外一個世界的存在，我們這個世界也絕對無法理解和接觸，所以也就等同於不存在。

但南生說的王海生的故事，實在無法解釋，而且他以他的死亡，來證明他所說的正確性，這讓我無法爭辯。

如果王海生晚上利用他人的嘴巴講夢話的現象是存在的，那麼他的「鬼魂」當然也應該是確實存在的。

因為這些思考，加上南生最後的一句話，我第一次開始思考「世界」這個詞語。

「世界」的字根來源有很多方向，我當時因為佛教三千世界的說法，特地去查看佛教的典籍，希望從古老智慧中獲得古人對於另一個世界思考的結論。

梵語佛經中，有個詞音譯過來是「路迦馱睹」，大概就是我們漢語中「世界」的意思。據《楞嚴經・卷四》記載：「世為遷流，界為方位。汝今當知，東、西、南、北、東南、西南、東北、西北、上、下，為界；過去、未來、現在，為世；方位有十，流數有三。一切眾生織妄相成，身中貿遷，世界相涉。」

在大乘佛教中，「世界」亦指蓮華藏世界，還有一些其他稱呼，比如華藏莊嚴嚴具世界海、妙華布地胎藏莊嚴世界、蓮華藏莊嚴世界海、華藏世界海、華藏世界、華藏界、十蓮華藏莊嚴世界海、十蓮華藏世界、十華藏等。

我對於佛教沒有了解很深，但看這些名詞就覺得心情有所緩解。我在那一瞬間得到了靈感，將整件事情，命名為：「世界」。

第三十一章　我也開始說夢話

世界事件遠沒有結束，我一直以為它已經隨著南生的死完全歸零，但很快的便發覺它在我看不到的地方繼續發展。

南生死後的這段日子，我的情緒很低落，但是因為一直使用精神藥物，這種低落被我的疾病治療同時抵消了一部分，整體來說，狀態還是在改善。

我在調查南生無果的同時，有一段時間去了泰國的清邁。

我是受到了幾個書友的邀請，後來證明這是一種相當好的調劑方式。在上海、杭州，整年見不到什麼陽光，一年裡有效光照只有一百多天，人分泌多巴胺的機會少之又少，所以我總會寄情於挑戰某些智力上的、或者獵奇方面的謎題獲得快感，這也是我寫懸疑小說的原因。但是在泰國，陽光簡直就是富裕到廉價的東西。

在這樣的光線下，我的心情也隨之變好，結果在騎大象的時候樂極生悲，掉進了象糞裡。

之前我委託小林去調查船老大，他後來給了我反饋，海流雲和船老大之間像是有什麼祕密協議。船老大雖然一直沒有承認，但是船上的一個夥計透露了一些，基本能確定確有其事。有可能就是船老大幫海流雲隱瞞帶回「牡蠣膠囊」的事情。具體細節仍舊不清楚，我推演過好幾個版本，都顯得很合理。畢竟出海有人死亡，海流雲知道警察會介入，那之後這個「牡蠣膠囊」被沒收的可能性很大，所以她賄賂了船老大，隱瞞了「膠囊」的部分。

不管怎麼推測，這些其實都不重要，我知道這個被帶回來的「牡蠣膠囊」確實存在就可以了。

但是回到上海之後，我的狀態很快就不太好了。大概是在回到上海一週後，我就開始失眠。當時上海下了好長時間的雨，雨的聲音吵得我難受。

我連續失眠之後很長一段時間，住到一間三溫暖裡。我嘗試用酗酒來穩定我的情緒，但是酒精只能讓我昏睡兩個小時，我的自主神經紊亂，極度疲倦但是毫無睏意。在我當時看來，這是世界上最難受的疾病，沒有之一。

我的生活也陷入了極度混亂，精神錯亂、晝夜顛倒。最開始我並沒有發現什麼異樣，直到那個女人和我說，我睡覺時候說很多夢話，我才忽然意識到不對。

我坐在沙發上，那天晚上半杯酒都喝不下去。我洗了把臉，才發現自己臉色浮腫蒼白，竟然和南生當時見我的時候一模一樣。

我看著鏡子裡的自己，渾身的寒毛都豎了起來。第一眼，我還以為我被南生附身了。

之後我出去買了一支錄音筆，回到自己的住所，吞下了醫生之前開給我的安眠藥——我之前一直很抗拒吃這種藥物，所以剩了很多——然後非常困難地睡著了。

即使在安眠藥的作用下，也未必能真正的進入深度睡眠，但是這一覺似乎並沒有各種折騰，我早上起來竟然感覺頭不疼了。

錄音筆還在繼續，我按下停止鍵，沒有立即去聽，而是洗了一把臉，替自己弄了早餐。

接著我打開錄音筆播放，一邊吃早餐，一邊等待裡面的聲音。我雖然表面上非常鎮定，但是當時的心跳動得非常急促，有點像是在等待死刑判決的感覺。

從錄音筆裡，能聽到我開始入睡時候的磨牙聲，我從沒想到我的磨牙聲是那麼難聽，接著是一些鼻鼾。

大概三十分鐘之後，我完全睡著了，鼾聲變得很有規律。

又過了二十分鐘，我已經吃完了早餐，開始收拾家裡堆積如山的髒碗筷，錄音筆裡才開始傳來我的聲音。

這是我的第一句夢話，語氣聽上去有些古怪。

「我會透過另外一種形式，把我知道的事情傳達給你。」

「啪！」我一緊張，就把手裡的一只盤子打碎了。

這是南生的原話，如今我已經知道他這句話的真實意思。他在臨死前，已經做好了這樣的打算，如今成為現實。

「人沒法記住自己說了些什麼，但是很容易記住別人說了什麼。」

錄音筆裡繼續說道。

然後是停頓。

三秒後，又說——

「所以從一開始就弄錯了，事情的關鍵，在這些內容之外。」

第三十二章　這更像是一個現象，而不是靈異事件

和很多事情一樣，第一天總是最讓人興奮，也是最讓人難以思考的。聰明人總是對所有事物的第一天充滿警惕，他們仔細地觀察事件流逝下所有事情的發展方向，一旦出現自己沒有事先想到的地方，就小心翼翼地處理。

同時對於自己的評價，在第一天也總是放在最低的位置，別人也是，任何的錯誤、疏忽都可以被原諒。

但這不是第一天。從後來的夢話紀錄來看，南生應該早就開始對我傳遞訊息，但我因為混亂的生活，漏掉了前面很大一部分的內容，所以我並不能完全聽懂自己的夢話。

我夢話的內容和王海生的一樣鬆散，但是邏輯清晰了很多，可能是因為南生受過高等教育，懂得如何描述抽象的東西。

為了能夠更好地讓你明白這一部分的訊息，我需要提前告訴你一些分析的結論。

首先，無論是王海生還是南生，他們傳達的訊息中，都沒有自我描述。

我舉一個例子，如果我透過一個無線電廣播將我的想法傳遞到一個離我很遠的地方，在我的廣播中，應該會這樣說——「我現在正在一個山洞中對你廣播，這裡很冷，我不知道四周有沒有野獸。」

但是，無論王海生還是南生的夢囈中，都沒有這樣的訊息。他們只傳達一些類似於他們自己經歷和記憶的訊息，對於當下的情況，沒有任何一絲傳達。正因為如此，所以我無法獲知他們在傳達訊息時候的狀態，但這是不正常的，違背人的習慣的。所以，我只能認為，南生在向我傳達訊息的時候，是在一個非主觀狀態。

不是「他」在對我說話，而更像是「我」的大腦，在接收他以前的記憶，然後用我的嘴巴唸了出來。

這更像是一個現象，而不是靈異事件。

熟悉這種描述的人，自然會想到西藏的天授唱詩人，原本是文盲的牧牛人，在一場大病之後，忽然可以吟誦五百多萬字的《薩格爾王傳》（註7），整段記憶似乎是忽然出現在大腦裡的，但在這裡我們不會去深究這種現象本身的奧祕。

南生夢話最開始的訊息，就和王海生的很不一樣。

王海生的夢話破碎，而且更多像是醉語，敘述著一個模糊的事實。但我和南生接觸過，對他和這件事情有所了解，所以夢話中的邏輯直接指向一個我經歷過且熟悉的真實事件。

如果我們聽王海生的夢話等於在猜，那麼南生的夢話，更像是答案被撕成了碎片，需要耐心地尋找每一塊碎片，重新拼接起來。

當然這麼說非常晦澀，我還是從頭把過程記述一遍，在開始之前，我們需要先猜測一句話。

南生有一段夢話是：「他是在花頭礁被淹死的。」

我確定這個「他」不是其他人，應該是王海生，是整個故事的起源。其

註7　流行在西藏和中亞地區的著名史詩，已經存在有一千多年，長達六十萬詩行。

實，此時我們可以大膽地想像這個人經歷的事情。

那年夏天，王海生和南生分別之後，顯然又回到自己漁民的人生裡，他未必會對少年之間一時興起的承諾有任何當真的成分。

幾個月後，他和阿鴻兩個人去花頭礁捕魚。

第三十三章　王海生的死

從我在當地聽到的消息來看，去花頭礁捕魚的漁民，一般都是有著特殊目的的。比如說結婚，或者有海鮮酒樓高價要求比較好的食材，他們才會冒險去那附近捕撈。他們去花頭礁的時候，一般會選擇水位很低的時間段，這也許是為了捕龍蝦。

王海生和阿鴻去花頭礁的時候，因為水位很低，礁石的下半部分露出海面，他們看到了安裝在礁石根部的某種生鏽的奇怪「儀器」，以為自己遇到了「海觀音」。

他們回到岸上，因為沒有弄清楚那究竟是什麼而被人恥笑，王海生年輕氣盛，準備自己一個人回去探個究竟。

王海生的性格倔強，他決定了之後很快便出發了。阿鴻在他出發之前勸他，但沒有成功。終於在一週之後，王海生再次回到花頭礁。

但是這一次，因為水位上漲，他並沒有看到之前看到的「海觀音」。王海生知道是水位的原因，但他也知道，在風浪那麼大的礁盤附近下水，必死無疑。他想等到當天退潮之後，看個究竟，用手機拍個照片。但當天外海有大風，開始退潮時，風浪越來越大。

此時老道的漁民應該意識到危險，但王海生年輕氣盛，他想盡快完成這件事情，所以他沒有立即離開。他認為以他的技術，稍微晚一個小時離開，也不會有太大的問題。

所以他在大風的花頭礁上，繼續縮在礁石後面等水位下落。

我甚至可以想像到他當時在大風之下的窘迫。在外海沿接線，大風吹得兩耳聽不到任何聲音，浪沖上礁石有一層樓那麼高。

很快的，王海生就意識到自己犯下了大錯，花頭礁的形狀非常特別，大風颳過海浪、沖擊礁石之後，在四周形成了幾個巨大的漩渦。他用來上礁石的小舢板在漩渦中不停地旋轉，撞擊著礁石底部。這種情況下，靠人力是無法離開礁盤的。

王海生縮在礁石的裂縫裡，颼過裂縫的風吹出劇烈的風鳴，大浪沖來讓他渾身溼透，此時他已經完全放棄了自己來的時候的目的，明白他只能在礁石上硬挨一宿。

在寫小說的時候，形容這種情況有一個術語，就是「有人區域的無人時段」。

千百年來，登上花頭礁的漁民肯定不下萬人，他們在這裡捕魚生活，這片礁石雖然身處外海沿接線，卻不是人跡罕至的地方。但這漫長的歲月中，有一段時間，是絕對不會有人到來的，那，就是暴風雨來臨的時候。

千百年來，只有王海生一個人，在這個時間到達了這個地方。

王海生在那天晚上，縮在礁石的縫隙中，看著天空中巨大的黑雲被大風撕開，月光時隱時現，不時在巨浪和雲底反射。因為濺上半空的水沫充斥著整個空間，從下面看上去，黑雲中似乎有著鑽石的粉末一樣。雖然從小生活在海邊，他還是第一次在海的中心看到這樣壯觀的景象。驚恐被消磨，冰冷的身體已經沒有知覺，但他的頭腦開始清醒起來。在大風中，他忽然聽到一種聲音，這種聲音最初只是低微的風鳴，後來變成了類似塤的曼妙音律。

「它們都會叫的，就在旁邊，我肯定是聽到的。」王海生的原話是這樣。

奇怪的風鳴聲，越來越響，似乎是某種力量的呼喚。

他趴在礁盤上爬了出去，驚訝地看到，風暴已經讓礁盤附近的水位急速地下降。本來的礁石，已經變成了一座小島，整個礁盤的潟湖底部，都露出了水面。那個「海觀音」全部露出來了，大風颳過它們的觸角，發出了那種鳴叫聲，有如海妖的低鳴，但王海生的目光卻被這些「膠囊」下方的礁盤底部吸引了。

「他走了下去。」

南生在夢話中說道。海浪打了回來，把王海生捲進了深海。

第三十四章 夢話解析

巨大的海浪帶著無比的力量，王海生被帶入深深的海底，海的深處是漆黑一片的。

頭頂的海面閃電壓著海浪擊中浪花，在那模糊的瞬間，海底會瞬間亮起。在王海生生命的最後時間，他是不是想起了和南生的那個約定呢？我們不得而知。

南生的夢話也沒有再糾結下去，王海生的故事在這裡就結束了。接下來，是南生不停強調的一句話。

「所以從一開始就弄錯了，事情的關鍵，在這些內容之外。」

這句話重複的頻率之高，讓人不得不在意。加上我相信南生是在和我點對點地傳輸訊息，所以我更加在意這句話。事實證明，這是我在這件事情裡做對選擇的開始。

此外，我夢話的語速很快，帶著一種讓人無法忽視的急切，雖然在夢話的內容中沒有直接表現出來，但我還是下意識地感覺到一種急迫感。和王海生一樣，南生也在急迫地傳達訊息給我。

難道，真的有什麼可怕的事情正在發生？

我沒有浪費時間，開始有意地不去思考王海生經歷的事情和命運，而是考慮這件事情之外的「內容」是什麼？

整個過程持續了一個月，南生夢話之中和涉及事情之外的「內容」，歸類為兩個部分，第一個部分，我稱之為：小鎮故事。

因為這個部分的所有片段，全部都是敘述性的。這部分的時間很長，但是內容最雜，也是最為詭異的。我透過這個部分搜索出來的資訊，幾乎可以獨立成篇一個小故事。

故事和一個謠言有關，這個謠言發生在一個小鎮上。我原先以為是南生生活的小鎮，後來搜索了一下，發現並不是，這個鎮離上海很遠，大概是寧夏。

謠言發生在二十世紀九〇年代，中國改革開放是從沿海開始逐漸往內陸延伸的，那個鎮上當時才開始有電視機。

有一戶人家買了第一臺之後，左鄰右舍都會聚集在他們家觀看。當時都使用天線，頻道很少，畫面非常模糊，但幾乎每天晚上有電視機的人家都會聚滿了人，同時鎮上電器銷售也慢慢興盛起來。

這個時候，也不知道是哪個小孩子先傳開的，有迷信傳說把一根天線折成一種特殊形狀，就能接收到來自天上神仙的信號。於是小鬼們都開始熱衷爬到房頂上，去折自家的天線，折成各種形狀。

當時的天線都立在屋頂上，像是魚骨一樣，有錢的會做一根巨大的天線，鶴立雞群。一遇到打雷天氣，就得把天線和電視的連接插頭拔掉，以免被雷劈中，燒壞電視。

這個謠言也不知道傳了多久，當時很多小鬼都說得振振有辭，似乎自己真的成功過一樣。接到天上神仙的信號是什麼樣子的，卻有太多版本。

後來有小孩在掰天線的時候，從屋頂摔下來，把腦子摔到腦出血了，事情就變嚴重了。

政府對大家進行了闢謠和教育之後，就再沒有人去折天線了。

這個小鎮故事一定是南生在某處聽來的，有可能是他在調查王海生的時候，印象比較深刻的故事。

雖然這件事情是無稽之談，但是有一個訊息卻無法忽視。就是在這個謠言中，有很多傳謠的人，都提過一個現象。

他們說，他們接收到的天上信號，是一連串陌生人的夢話。

第三十五章　瘋人院

聯繫南生在夢話中反覆強調的「所以從一開始就弄錯了，事情的關鍵，在這些內容之外」，我不禁這麼想，如果王海生的經歷並不是關鍵，而夢話這個事情，除了人，也發生在一個不知名小鎮的電視機上，那麼，關鍵是什麼呢？

第二個部分，我稱之為：瘋人院。

這部分的夢話內容非常有意思，感覺上是南生一直在觀察的。他的第一句話是：「第一個瘋子，一九九七年的時候發病。」

這個瘋人院並不是現代化的醫院，從訊息來看，應該是比較偏遠的鄉鎮醫院，病人應該都是農民或者是工人。有一個十分重要的細節，這個瘋人院時常缺水，要打井取水。

這個瘋子在夢話中，被描述為一直看著牆壁，眼睛在不停地移動。他似乎看到的不是牆，而是另外一個世界的場景。從片段敘述中，這是一個七十歲左右的老年男人，不高，頭髮已經花白了，他永遠只看著牆壁，牆壁上往往什麼都沒有，但是他似乎能看到很多東西。

南生一直在觀察這個瘋子，我試圖分辨這個人是誰，他是不是在回憶樂清的日子，但是我後來發現不是。因為南生觀察的並不只是一、兩個人，他後面的敘述中，這樣的瘋子有四十多個，大多數都是老人。但是我發現，不知道是什麼原因，南生沒有一次提到過自己曾和這些瘋子交流，似乎他只能看著，又或者這些瘋子都是沉默的，無法正常交流的。

「第六個瘋子，一九九四年的時候發病。」

這類話變成了每次夢話的第一句。夢話並沒有挨個數下來，而是跳躍式的。也就是說，在這個部分，南生在觀察一群瘋子。

我絞盡腦汁來分析他的這些夢話。這些病例的情況都非常相似，少數的區別在於，除了病人看著牆時的狀態，還有一些病人的症狀是長時間的睡眠。這些病人的睡眠時間長達幾天，清醒的時候很少。

不知道為什麼，也許是因為缺水這個細節，讓我產生了聯想。我內心有一種強烈的直覺，這個瘋人院應該和上面那個故事中的小鎮，有著直接的聯繫。

換個大膽的說法，我不知道為什麼有強烈的直覺，這些瘋掉的老人，很可能就是當年謠言中，那些「接收到夢話」的當事人。

如果真如我猜測的這樣，那麼，在花頭礁發生的事情，在二十世紀九〇年代的時候，在中國內陸的一個小鎮上也發生過。

所以，和礁石無關，和海無關，和王海生無關。那麼和什麼有關？

帶著錄音筆，我覺得我有必要去一趟那個小鎮。

第三十六章 「信號」

寧夏的乾燥讓人難以忍受，我到來的第一天就流了鼻血。

乾燥的空氣使人看上去憔悴不堪。這段時間因為我的精神狀態，我的朋友少了很多，只得拉著小林過來。小林知道我的經歷，雖然也覺得我對這件事情有些過於專注，但他能理解此種過程確實匪夷所思，我省去了很多解釋的時間。

鎮上如今全部都是數位電視，只有少數農民家，屋頂上還有電線這種東西。有錢的老鄉都用上了衛星電視，很是洋氣。

我們很快找到了鎮上的精神病院。事實上，整個調查比我想的簡單得多，精神病院的醫生記得南生這個人，而且對於南生的目的一目了然。

「那個上海娃娃，他和這些老人溝通就一門心思想知道那個什麼天線，是什麼形狀的。我們也聽不懂什麼是天線，就讓他自己去問。」

我和小林對視一眼，這和我猜的差不多。

但是因為鎮上的精神病院本來醫生就很少，這裡又有很多的精神病老人，所以醫生並不清楚南生最後是從哪個老人那裡知道結果的。根據我的推測，南生應該是帶著結果走的。

而這一切發生的時間，是他來上海找我之前的半個月左右。

也就是說，他來上海找我的時候，已經知道了那根可以接收夢話的天線形狀了。

傍晚，我和小林在路邊的小吃店吃涼皮，我們點了牛肉和啤酒。小林邊喝邊和我說：「所以這小子是從蒼南離開之後，到了這裡，然後再回了上海。他和你說的時候，完全沒有提到這部分的事情，為什麼？」

只有一個可能性，南生想隱瞞一些事情。如果他提及這部分的訊息，可能會影響到他想隱瞞的部分，所以他沒有說出來。

南生之後自殺了，難道他想隱瞞他自殺的事情嗎？不像，寧夏的這些事情和自殺沒有很明顯的聯繫。

但我第一次覺得，南生在這件事情裡的目的，似乎不是最初來找我、只想弄清真相那麼簡單了。我感覺他已經弄清了一部分真相，並且想利用這個真相達成什麼目的。

「第二個問題，他是怎麼知道寧夏的事情的？」小林有著溫州人特有的精明。「海流雲顯然不知道。你在蒼南有調查到任何線索，告訴你寧夏有這件事情嗎？如果你不是做夢夢到，你這輩子都不可能知道寧夏的事。」

我皺起眉頭。小林繼續說：「第三個問題，南生說的夢話，是王海生的訊息；你說的夢話，是南生的訊息。那麼這些瘋掉的老人，他們聽到的夢話，是誰的訊息？」

我看著小林，我知道他腦子一向轉得很快，而且喜歡賣弄自己的邏輯推理能力。只要我不打斷他的話，他很快會說出自己的推測。

果然，小林和我對視幾秒鐘，就道：「寧夏的事情，應該是南生從夢話中獲得的。他離開蒼南之後，一直持續接收到王海生的夢話，寧夏部分的訊息，應該來自王海生。然後他來到這裡，問到天線的形狀。如果是你，你接下來會怎麼做？」

我看著小林，忽然覺得毛骨悚然。

「你是說，他會使用那個形狀，製作天線？」

「你是說在後期，王海生已經不滿足於僅僅是使用夢話來傳達消息，而是開始在夢中控制他的行為了？你覺得這種轉變是靠什麼引起的？你是猜測，天線增強了王海生和南生之間的聯繫？」

小林點頭。「但事情沒有那麼簡單。我們來思考第三個問題，當年天線已經可以收到一個人的夢話信號了。當時王海生剛出生，還沒有死呢，那個夢話信號是誰的？所以，當你使用天線的話，你確定你只是增強了你和王海生的聯繫嗎？有沒有可能，你收錯了頻道。」

在乾燥的寧夏空氣中，我的冷汗瞬間布滿後背。

「所以在控制他行動的人，不是王海生，是二十世紀九〇年代的另一個『信號』？」我努力克制自己腦子裡各種想法。

我整理一下思路。

南生從蒼南受到打擊回到上海之後，他開始夢到了寧夏的訊息，於是他到達寧夏繼續查找，發現了寧夏鎮上使用天線可以接收到夢話的傳說。他在瘋子中問到了天線形狀，然後回上海製作了天線，想要增加和王海生的溝通；但是，他聯繫到了另外一個人，這個人和王海生的溫和不一樣，這個人直接控制他的身體，讓他開始漫遊。

接著，小林說出了我這個小說家完全自愧不如的一個假設。

「兄弟，你確定，來找你告別的那個人，真的是南生本人嗎？」

我的寒毛直立，幾乎心臟驟停。

第三十七章 天線

小林的意思是，那個南生其實不是南生，他已經被那個信號控制了。我遇到的南生是另外一個人。

這實在是很驚悚，但我仔細回憶就慢慢舒緩下來。

小林的判斷是出格的，我肯定那個人是南生，雖然非常憔悴和虛弱，但我知道他是醒著的。南生的氣質非常明顯，如果有異樣，我一定能感覺到。

當然，如今回憶已經沒有那麼清晰了。人是很容易動搖的，特別是經歷過記憶不可信的一些情況之後；但我仍舊相信，如果那個人不是南生，我一定能感覺出來。這是現實世界，不是武俠小說，替換身分沒有那麼容易。

不過，我對於南生的死卻有了新的看法。

也許南生是因為不希望他在睡夢中被人控制才自殺的；也有可能是因為事情太過離奇，他想用極端的方式弄清楚真相；也有可能，是因為受到了邀請。

不管是何種，都和那個新的「信號」有關。我看著小林，小林卻搖頭。「我打死都不會讓你去做那種天線的。」

「那你覺得我現在應該怎麼做？」

「最保險的方式，就是你聽南生的，耐心地聽完他借你的口說出的所有夢話。從以往的經驗來看，雖然這會讓你神經衰弱，但這是安全的。」

說實話，我是害怕的。小說寫到這裡必須要鋌而走險，否則故事不能升級；但如果讓我知道我在睡夢中會變成另外一個人，我恐怕也會自殺。

我想了想，點了點頭，放棄了鋌而走險的想法。「但是我至少得知道那個天線是什麼樣子的。」

「你不能知道，我去知道就行，我比你自控能力強。以你的性格，你一旦知道了，總有一天你會試，到時候你可能就會步上南生的後塵。之後，老子應該就會在睡覺的時候聽到你的夢話了，這我不幹。」小林鄭重地和我說。

我這才知道他是怕接力到他那裡去，心中苦笑。

那天晚上，我有些魂不守舍地去了鎮上的三溫暖泡澡，然後找了一個喧囂的二十四小時休息廳，和一群酒醉的人一起。半夢半醒的時候，我做了一個夢，夢到有人去驗南生的屍體，發現南生的頭顱上，插著一根形狀奇怪的天線。南生把自己綁在衣架上，讓天線豎立著。警察發現天線真的在發出信號，他們追蹤信號的接收，發現了我，然後詢問我。

我隱瞞了所有我知道的事情，但警察離開的時候，讓我好好找找我身上有沒有天線一樣的東西。

我在夢裡找到了，我發現自己的脖子後面，有一根針，被扭曲成天線一般的奇怪形狀，插在我的後腦。我直接被嚇醒了，醒來的時候大概是淩晨四點，四周全是酒氣沖天的呼嚕聲。我發現小林沒有睡，正在用手機查什麼東西。

「怎麼了？」我問他。

他給我看他的手機。他正在看我們在花頭礁的照片，其中有一張照片，是拍阿鴻畫的「海觀音」。

那個粗糙的形狀，能夠看出最清晰的結構，就是上面有很多天線一樣的觸角。

「海流雲家被破壞得那麼嚴重，有人在找一個東西，我們猜測會不會是海流雲帶了這種『海觀音』回來。南生也知道這個天線是關鍵，於是想去她家找到這個東西，但東西沒了，所以不得已來寧夏。」小林輕聲說。

海流雲瘋了，藍采荷瘋了，寧夏這裡玩天線的人瘋了，所有接觸過這種天線的人，都瘋了，看樣子「海觀音」身上的這些觸角，應該和這種天線是同一種東西。我心中道。只不過花頭礁「海觀音」身上的天線，受到海水沖擊，已經扭曲了。

「有接收的天線，就一定有發射的天線。這種長波天線，發射源可以在世界上的任何地方，甚至可以在宇宙裡。整個中國，為什麼只有寧夏這個鎮上，出現了這種天線的傳說？是巧合嗎？還是說，其他地區也有，我們不知道？」小林看著手機。「所以我把這個疑問發到網上，現在已經有三十個回答了，都是來自寧夏。數據證明，其他區域都沒有這樣的傳說，只有寧夏有。」

「只有這裡？」

「對。」小林道：「都是這個鎮附近的。兄弟，這個鎮一定有特別的地方。」

第三十八章　馬斗魯

我們所處的這個小鎮，是寧夏平凡得不能再平凡的小鎮了。它處於海原縣，名字叫做海城鎮。和中國所有的小鎮一樣，它有著自己特色的活力。這裡我所陌生的是多民族混居的情況，讓文化屬性比較複雜，其他沒有特別的地方。當然，一個鎮對於一個人來說，已經夠大了，足以隱藏很多東西，我這種粗略的感覺未必正確。

早上七點多，我們出來吃早餐，在街上閒逛。這裡的早餐和中原大部分地方都相似，我們叫了豆漿、油條，也吃了一些沒見過的油餅，感覺這裡的麵食口感有些不同，其他都差不多。

這裡的節奏很慢，慢吞吞地走在街道上閒逛著，有一種自己身處另外一個時空的感覺。小林一直在聯繫鎮上的關係。他透過自己的人脈，一道一道地翻找。溫州人，家在四方，溫州商會是消息非常靈通的組織，最終他從銀川商會找到了人，聯繫到海城鎮的交警大隊副隊長。

副隊長姓蔣，聽我們說完了情況——當然是我構思的一個相對比較合理的故事——就點頭。當年的天線傳說，他有印象。他又幫我們問了刑警隊的朋友，當時的案子只是有孩子失足受傷，所以並沒有立案，並不知道那個傳說是從哪裡開始的。當時那個年代，這種恐慌性、獵奇性的傳言層出不窮，這件事情並沒有引起太多的注意。

但正如小林所言，這個鎮上，真的有和其他地方不一樣的特徵——癲癇病發頻率高。省裡的醫院來統計過，這裡癲癇發病率大概比周圍其他縣鎮高出百分之六百多，但暫時還沒有發現是什麼原因造成的。

癲癇的發病原因過於複雜，無法詳細解說，大體是腦神經放電異常造成的。

這些說法讓海城鎮籠罩了一層神祕面紗，但之後我們就再也做不了什麼。醫療機構花了幾十年想查出端倪都查不出來，我們當然也不會有什麼新的建樹。

不過，蔣副隊長很熱心，畢竟是刑偵系畢業的，在打聽的過程中雖然沒有提供太多關鍵訊息，但為了讓我們有事可以做，他問到了當年那個腦出血小孩的下落。

很有意思，他打聽消息的那個單位，也建議我們去看一下那個孩子。孩子叫做馬斗魯，現在已經三十多歲了。那一次意外，似乎讓他留下了很嚴重的後遺症，後遺症中就有癲癇。

我們來到馬斗魯家裡。他家為了替他治病已經家徒四壁，家裡只有非常簡陋的家具，但面積很大，讓我這種江浙人羨慕。

馬斗魯渾身赤裸地坐在房間地上，面對面前的床，腦袋不停地搖晃，眼睛閉著。我和小林對視一眼，小林輕聲說：「這段時間見的瘋子比我前半輩子還多。」

我看到馬斗魯的腦袋上，有一道可怕的傷疤，繞著腦子一圈。這個人動過開顱手術。

蔣副隊長來到馬斗魯面前，馬斗魯似乎沒有看到他，完全沒有反應。

馬斗魯的媽媽掰開他的眼睛，讓我們看。

我就看到，馬斗魯的眼睛雖然是閉著的，但是在眼瞼之內，眼球正在飛速地轉動。

轉動快到什麼程度？快到我幾乎看不到瞳孔。

「這是非常嚴重的眼球震顫。」馬斗魯媽媽說道，方言很重，但是用詞很專業，已經六十多歲的老人了，帶兒子看病把自己看成了專家。「國外有很多人都來看這個案例，都說是絕無僅有的。」

「這是什麼病？」小林問。

馬斗魯媽媽搖頭。「他們說，只在人做夢的時候會發生。這孩子就是醒著做夢。」

這是一種明顯的大腦損傷。當時技術不夠精良，人救回來了，但是大腦還是受損嚴重。

「幾十年了，一直是這樣。」

小林就道：「我記得以前看過科普，人的大腦裡管視覺捕捉的區域不知道你在做夢，於是你在夢裡看到畫面的時候，眼睛會做出反應。也就是說，他現在的大腦，認為他是能看到東西的。而且——」

「腦子裡在以極快的速度，播放著各種畫面。」我道。

我們看著眼前的這個人，意識到我以前對疾病的理解還是太淺薄了。「那我們怎麼和他溝通呢？」如果他永遠都在做夢的話……

馬斗魯媽媽從旁邊拿了一本筆記本和一枝鉛筆，放到馬斗魯手裡，對他說：「你聽得見嗎？」

馬斗魯沒有任何變化，但是他的手開始滑動，他捏鉛筆是用拳頭捏的，歪歪扭扭地打了一個勾。

「他能聽見，他可以控制自己的手，但說不出話。」馬斗魯媽媽道：「你問他太難的問題，他回答不上來的。簡單的，可以交流。」

我和小林對視一眼，我就想知道馬斗魯還記不記得是從誰那裡知道天線的事情。

但事實上，馬斗魯基本不能回答，他只能回答「冷不冷」、「要不要吃飯、上廁所」這樣的簡單問題。

我們也不忍多問，從房間退出來，到了客廳。馬斗魯媽媽做了茶點給我們，我們又不好功利地立即就走，於是又問了一些問題，其實都是寒暄。我拿出一些錢，作為諮詢的費用。似乎是因為收了錢，馬斗魯媽媽覺得就這樣聊幾句話有愧於我們，拉著我們去了另外一個房間。

我們過去一看，就看到這個房間裡全是紙，堆的都是A４紙。

「這些都是他畫的，有時候我們問他餓不餓，準備吃的給他，忘記把紙拿走了，回來他就畫了這些。」馬斗魯媽媽說：「我們就每天給他紙和筆，他一直在畫一些我們看不懂的東西，一直畫、一直畫，我們一直看不懂。找了很多專家，都說是亂畫的。他爸爸就說肯定不是亂畫，因為我們孩子不是瘋子，他不會亂畫的。後來是我們這裡一個九〇後的義工發現了他畫的是什麼。」

「是什麼？」我和小林看著塗鴉，如果讓我們看，那一定是亂畫的。

「還得等三十年才能知道。」馬斗魯媽媽笑道：「我們也聽不懂。聽那個小姑娘說，他的畫，畫的是很多細節，是什麼像素級別的細節。也就是說，他看到的東西被放大得非常大，裡面全部都是像素，他一頁這樣的紙只能畫出幾個黑點，這些黑點都能拼起來，但按照現在的速度，大概要三十年的時間，和一個足球場的空間，才能知道他畫的這些細節拼出來的整體是什麼。」

馬斗魯媽媽給我們看了一張手機照片，那是現有的畫，他們在鎮上小學的足球場上拼過一次，拼完已經有足球場四分之一大。用無人機拍的，但只能看到一個模糊的輪廓，什麼都看不出來。

這就是我們在寧夏得到的所有消息，之後無論我們怎麼努力，都無法再往前一步。

小林的假期很快就用完了，他提前回去上班，我在寧夏又待了一個星期，每天和蔣副隊長廝混。我的作家身分在鎮裡還是稀奇的，每天都喝得糊里糊塗就睡。

回到南方之後，這件事情第一次真正意義上地停止了。沒有任何的進展，除了南生的第三個故事。

第三十九章 逼瘋

我的夢話一直在繼續，我每天早上起來第一件事情，就是播放自己的錄音筆。南生一定不知道我在為他奔波，默默地開始了他的第三段敘述。

壓倒我的最後一根稻草，就是這個第三段敘述。之所以我沒有稱呼為第三個故事，而是第三段敘述，是因為第三個部分，本質上就不是一個故事，甚至叫敘述都是很勉強的。

前兩個故事，都是南生生前調查王海生的獨立事件，確實也帶來了不少線索給我。

這第三段敘述，第一句話是：「他們接錯人了。」

第二句話是一個數字：「四十九。」

整個晚上，每隔十分鐘，我就會唸一遍這個數字，一直到我醒了過來。

我當時聽錄音筆的時候，第一反應是自己像是卡帶了似的，覺得很好笑，但很快的我就笑不出來了。

第二天晚上，我仍舊是如此，整晚只重複一個數字，但是重複的數字是：四十八。

第三天晚上，是四十七。

第四天晚上，是四十六。

我到了這個時候，才忽然明白發生了什麼，我的夢話中，開始出現一個倒數計時。

每天這個倒數計時會縮短一天，也就是說，四十五天之後，倒數計時將會歸零。到時候會發生什麼呢？我第一次感受到完全意義上的毛骨悚然，且無法克制，巨大的焦慮和恐懼開始籠罩著我。而我在白天的時候，除了面對一個新的數字，我什麼都做不了。

我不知道你是否能明白這種感覺，我沒有辦法和任何人說明我為什麼焦慮，因為別人從聽完故事到相信我，需要一個特別長的時間。即使他們相信我，他們也完全無法幫助我。

而我呢？我一不知道倒數計時結束發生的事情，是否會發生在我的身上，我會死亡，還是會如何？二不知道這件事情是否會發生在我的四周，是否我所處的世界會發生什麼。

總之，這個從另外一個世界發出來的倒數計時，在還剩三十天的時候，徹底讓我瘋了。

家人強制送我去精神病院複查。在複查的時候，我的分數沒有達標——雖然我已經非常機巧地去回答那些問卷了——我要立刻住院。

我之前十分配合這種治療，但是在這個節骨眼上封閉治療，顯然會耽誤很多東西。我拚命地抗拒，可這卻被視為症狀加重的跡象。最糟糕的是，我錄下的夢話被我弟弟搜出來了。

他當時和我說的原話是：「你根本就沒有好轉過，這是精神分裂的前兆。」讓我最終決定入院的原因是，在那一刻，我竟然覺得他的話說得很有道理。

我有一瞬間的恍惚，我忽然意識到，自己是不是處在一種精神錯亂中，這個世界上怎麼可能會存在我在追查的這種事情？

我對於南生的調查舉步維艱，會不會這一切根本就是我幻想出來的？我幻想出來的情節，順著推理下去，自然找不到更多的現實線索。這是一個非常危險的信號，我在各方面的追查都陷入阻力之後，即使時刻卯足力氣也沒有意義，我決定冷靜下來，把節奏放慢。

我在蘇州的精神病院有一間單人套房，當然遠沒有酒店的套房那麼考究，但至少有會客室和單人房。

這個房間是用儲藏室改的。

精神病院現在和正規醫院一樣，也是打開門做生意，對於我這種重度失眠病人，這樣的病房是必須的。當然，費用也非常昂貴，我覺得這一年我最起碼有半本書的稿費是花在治腦子上。

關於精神病院，我可以有半本書好說。對於外面的人來說，這裡是人類精神世界的祕境，會有很多幻想和恐懼。事實上，精神病院大部分的狀況和外面醫院一樣，也是平淡無奇的；但是，不可否認，在這個大醫院中，也有很多人類窮盡想像力也無法理解的人。

例如，我知道一個病人，他在雨天發病，認為自己是一本書。

這種人的發病原因甚至無法推測，因為他發病之前沒有任何和這個病症有關的表現。

我能接觸的一般都是比較輕微的患者，他們發病都是有誘因的，平日裡甚至可以非常有邏輯地談論自己的病情，分析發病的原因。

精神病院最讓我覺得有啟發的是，這裡的人沒有祕密，因為祕密往往是誘使精神分裂的源頭，這裡需要把自己心裡所有的祕密都說出來。

例如，這個認為自己是書的朋友，之前一直害怕雨水、害怕火焰，這是典型的恐懼症表現。如果他不告訴我們，他害怕的原因是因為他是一本書的話，那麼很容易被誤診。

這也是精神病診斷臨床經驗尤為關鍵的原因。

我當然沒有那麼傻把我內心的憂慮告訴醫生，我重建了一個核心，只選擇了這個故事中的一些元素。

例如，我聽說有人在蒼南遠海的礁石上發現了奇怪的東西，於是去查看，過程發生了很多意外，所以我受了刺激。

我重點形容了我發現的「牡蠣膠囊」細節——這些醫生對於說謊和隱瞞有著強烈的直覺，不是那麼容易騙的。

檢查完之後，醫生的表情卻很古怪，他問我道：「你是說，你在海裡撈出來的『膠囊』，有那麼大，上面有很多觸鬚一樣的金屬片？」

我點頭。

醫生繼續道：「年代比較久遠，橢圓形的？」

我看他注意的方向完全不在我說的受到的那些刺激上，而是在「膠囊」上，不免覺得有些奇怪。「怎麼了？難道你見過？」

「我還真見過。」醫生對我道，他合上檔案。「不僅見過，我還有一個。」

第四十章 出現

我愣了愣，覺得醫生在胡扯。難道他意識到我在胡扯，所以要我？為了不失風度，我先做出一個模稜兩可的笑臉。醫生站起來看著我，見我沒反應，說道：「我真的有一個，走，我帶你去看看。」

我仍舊以為他是在開玩笑，可能要帶我去其他檢查室，檢查一下我的身體指數什麼的，所以就站起來跟上去。我跟著他穿過醫院的走廊，走過一個小院子，來到他們之前的辦公大樓，來到了藥品倉庫。上到三樓，來到一間看上去不太使用的小房間門口，他叫來倉管打開門。

我走進去，發現這是一個雜物間，屋子裡全是各式各樣的雜物，正當中放著一張老舊的四方桌，上面擺著一個巨大的詭異東西。

我看到那東西的瞬間就一個趔趄，從門口摔翻了出去。

我看到了什麼？

那真的是一個鋼膠囊，和我在花頭礁看到的一模一樣，上面滿是海鏽和斑駁得好像腐爛骨骼一樣的藤壺。可能因為不是在水下，看上去可怖了很多，竟然像是某種詭異怪物的卵。

如果讓我去幻想一百個會見到這東西的地方，我都不會猜到在這裡。這難道真的是冥冥中自有天註定，老天送這東西來這裡的？

不可能啊。如果是這樣，我就要懷疑，這一切是不是人為操縱的了？我非常不喜歡陰謀論，但是很多時候人不得不往那個方向想。

幸好醫生立即就解釋了它的來歷，我才意識到自己把問題複雜化了。

「這東西是你出院之後寄來的，應該是從溫州寄來的。不過他寫的收件人可能用的是你的筆名。你走之後，那房間又住過好幾個人，也不知道這個東西到底是寄給誰的，就擱置在這裡了。現在想來，應該是寄給你的吧。」

我摸了把臉，看來南生沒有在海流雲家找到這個「膠囊」，原來是海流雲把這東西寄給我了。

她不知道我出院，當時我也沒有預計到我可以那麼早出來，所以她還是按照寄錄音筆的老地址寄給了我。

這真是錯有錯招，又合情合理，意料之外，情理之中。

我爬起來，忽然意識到不對，問：「你們有誰碰過這個東西？」

醫生趁機點了一根菸，說道：「都碰過啊，凡是見過的人都碰過。這東西特別奇怪，還有人說這是炸彈，看著有點像哈。」

我皺眉遠離了他一步：「你沒事？」

「沒事，我有什麼事？」他看了看這東西，忽然臉色一沉。「大作家，這不會真是炸彈吧？你沒瘋到這地步吧？」

「不不不。」我急忙否認，已經被關到精神病院了，別再進警察局裡去了。

「那這是什麼玩意？」

「別人寄給我的，我怎麼知道這是什麼。」我說道，又追問一句：「其他人也沒事？」

「藤壺劃傷了老盧的手。這東西非常重，四個人才搬得動，其他人都沒事。你要不信，我待會兒去廚房。」

老盧是醫院餐廳的廚師。病人在院裡擁有很大的自由度，只是不准走出鐵門。

我就感到納悶了，碰了這個東西卻沒事？我的邏輯又斷裂了。

我走上前去，想摸一下，但是終究不敢，因為之前藍采荷的狀態讓我心有餘悸。

「我找人幫你搬到房間裡去，你晚上好好看。」醫生抽完了菸，說道：「你剛才沒說實話，到底怎麼又被弄回來了？我們回去繼續聊聊。還有這到底是什麼東西？你都得告訴我，否則我告訴你媽去。」

「我真不知道。」

「還是沒說實話，不配合我是吧？得罪精神科醫生可是很失策的。」

我嘆了口氣，心裡亂成一團，也沒有辦法應付他，想了想，又看了看那個「膠囊」，我看到「膠囊」的藤壺中，有幾個突起部分。

「這是什麼？」我問他。

「這是鉚釘，這東西應該是兩個半橢圓球合在一起，應該是空心的，你聽敲擊的聲音。」醫生說著，一邊用鋼筆敲了一下「膠囊」，發出了共鳴的聲音。

「你能幫我找個扳手嗎？再幫我找個工具間，最好是修車的那種。」我說道：「我要打開這東西。」

第四十一章 起航

醫院內部有兩個堆自行車的車庫，其中一個被騰了出來。很多人知道這個東西，都來參與。我把我的經歷宣講了一遍，醫生聽完就默默地去寫我的病歷了，我知道他肯定覺得我瘋得厲害。

其他人和精神病人都有過相處的經驗，大多也不是很相信，但是對於我在花頭礁看到很多這種東西，他們還是很好奇。

我們戴上手套，先用榔頭敲上面的藤壺，他們說之前不敢碰是因為害怕這是水雷之類的東西。藤壺敲掉之後，露出了上面的鉚釘。

我們用扳手和大力鉗，想把鉚釘拔出來，這東西格外牢固，結合縫幾乎是看不到的，非常緊密。

弄了半天，倒是把表面清理乾淨了，鏽斑發泡的部分全部是打造製品，我意識到這是一個後工業時代非常成功的人造品。

罐體非常勻稱，接合平滑，表面處理的氧化拉絲也非常均勻，如果不是形狀是個比較扯的膠囊型，會是很有龐克味道的一件東西。

全部用砂紙打磨乾淨之後，發現其實生鏽的程度並不深，如果有更精細的打磨設備，很快就能把這個罐子打磨得像是銀器一樣。

不過，當時那個年代的冶煉技術不如現在，所以罐體整體發黑，顯然鋼的純度有一些問題。

整個過程我一直從事著搬運等底層工作，其他工作大部分都是老盧完成的，他熱情很高，我一直沒有碰過這個東西的任何一個部分。

最後，我們發現透過物理方式根本不可能打開這個罐子。

「這些是變形鉚釘，打得非常密集，要用機床才能鏟掉。」抽菸的時候，老盧和我說：「相信我，我支援邊疆的時候做過車床，前年還有公司要返聘我。這個罐子做成這樣，說明原本是不準備被打開的，化工廠埋毒料也不過七個鉚釘，這個都快打成馬蜂窩了。」

望問他。

「那你總有辦法打開吧？」我對於重工業方面的知識實在匱乏，於是抱著希

老盧抽了根菸，圍著這個鋼罐子轉了半天，賣了半天關子，說道：「氣割

（註8）。這個我不會，你可以找老蘇幫忙，不過醫院裡最近對他挺緊張的，應該

不會讓他碰危險的東西。」

老蘇的全名叫做蘇啟航，是一個船上的修理工，什麼都能做，可能是在海

上待的時間太長了，回到岸上生活不到兩年，精神問題就越來越嚴重。

他是我的老病友了，他的家人顯然認為把他丟在精神病院裡省事，他也很

有出息地沒有怎麼好轉。

這裡有很多這樣的人，我將其稱呼為非活動人口。這些人本身精神問題很

嚴重，但是不至於影響生活，單純是因為他們家人為了自己的生活，把他們丟

在這裡。

所以我非常重視我自己和醫生的關係，如果一旦被收容進來，患者自己的

意願就不再重要。不管你之前是誰，是百萬富翁還是封疆大吏，你的話隔了一

註8　使用氧炔吹管或氫氧吹管的火焰去切割金屬材料。

道門就一文不值，除非醫生證明你在說這句話的時候有行為能力。

蘇啟航有攻擊性。其實他年紀不大，三十七、八歲，身體單薄，但是洗澡的時候你能看到他肌肉線條非常好，應該是工作造就的。

他有時候行為很古怪，傳說有人見過他用肘部把男護工壓在門板上，用肘擊打斷了對方三根肋骨。

那些男護工都是空前強壯的，無法想像單薄的人力氣那麼大。平日裡他是一個非常安靜的人，聲音也非常好聽，根本看不出來他會有危險。

蘇啟航以後會伴隨我們的故事很久，所以這裡多提一點兒。

精神病院現在有兩個區域，一個是我這樣的病人待的，說好聽點兒叫做封閉療養區。裡面有一個重症區，那裡就跟牢房一樣，因為那些病人都有極強的傷人或者自傷傾向。

我上次來見蘇啟航時是在外面的區域，但是他偶爾會進去幾週。總體來說，是需要偶爾進去吃禁閉的病人。這樣的病人，醫院不可能讓他觸碰到危險的東西，甚至不應該讓他接觸新鮮事物。

這裡的生活，最好的方式就是一成不變。任何新東西，就算只會讓人產生新的聯想，都最好不要有，所有的新東西都有可能是發病源。

這確實是一個挑戰，但是我內心的欲望已經按捺不住了。老盧帶著幾個餐廳的洗碗工走了，他是醫院工作人員，如果實際參與這種事情，恐怕會工作不保。

「反正你打開了叫我。」他低聲和我說：「氣割的東西，我明天幫你搞來。」

第四十二章　這是一個航海座標

晚餐的時候，我在餐廳裡看到了蘇啟航。他總是一個人坐，十公尺內的氣場都很凝固。

精神病患大部分都不傻，甚至大部分是用腦過度的，對於危險分子，他們也會本能地避開。在精神病院裡都被孤立，這種人，如果不是正常人，就是徹徹底底的瘋子。

我坐到蘇啟航面前的時候，所有吃飯的聲音都停止了。蘇啟航的手上有新傷，估計病情最近又發作過。

我回頭看了一眼老盧，老盧在分發飯菜的櫥窗後頭，對我使了個眼色，意思大概是：「上吧，夥計。」

我在醫院裡也是一個很特別的角色，蘇啟航對我也有些忌諱。看我坐下來，蘇啟航疑惑但是警惕地看著我。

「這裡的飯菜挺貴的吧？」我朝他笑笑，因為我看到他只點了一個蔬菜、一個湯。按照常理，所有病人的飲食都是固定的，除非家裡人拖欠住院費用。

他也笑笑。「還行。」

「我有個活兒，缺個氣割的。」我說道：「兩千塊錢，你做不做？」

他疑惑地抬頭看了看我。「在這裡？」

我點頭，壓低聲音指了指後院：「車庫裡。這麼大的鋼罐，我要切開來。我知道你的情況，咱們可以偷偷來，爭取一次搞定。」

「你能搞到氣割的工具？他們不怕你逃出去？」他把菜湯倒進飯裡。「你別耍我。」

「眼見為實。不過你如果要氣割這麼大的一個瓶子，需要多久？」

「要看瓶壁的厚度。」他把餐具放下，看了看四周，對我道：「先帶我看一眼。」

我帶他來到車庫，鑰匙在老盧那裡，算是醫生變相在監視我；但是老盧和我關係好，偷偷把鑰匙掛在鎖上。
我開門進去，打開燈，蘇啟航就看到桌子上的龐然大物。
「就是這個。」我說道。
蘇啟航沒反應，我轉頭看他，發現他露出驚異的表情。
我愣了一下，就看他轉頭退出門外。我覺得奇怪，問他怎麼了，他說道：「這東西是從海裡來的吧。趕緊丟掉吧。」
「你怎麼知道不對勁？」我心裡感到更奇怪了。「你怎麼知道是海裡來的？」
難道他之前見過？
我不相信有這種巧合，蘇啟航也搖頭。
「我在海上跑船十七年，我知道海裡很多東西都是有古怪的。在海上，你如果遇到奇怪的事情，最好的方式是不要去理會。這東西，被拋在海水裡很長時間了，透著一股噁心。我勸你趕快丟掉。」
我看著他，發現他的表情是認真的，那一瞬間，我無法判斷他說的是真話，還是腦子有點錯亂。
他轉頭就走，我立即抓住他。「我真的必須打開它，如果你不想幫我，至少教我怎麼弄？我錢還是給你。」

他看了看我，說道：「你把精神病院當什麼地方了。」

我當即掏錢，一張一張數給他。他看了看那「膠囊」，看了看錢，最終還是接過去，然後小心翼翼地走近那個「膠囊」。

他和我一樣，沒有觸碰這個「膠囊」任何一部分，而是繞著它轉了好幾圈，說道：「你知道裡面裝的是什麼東西？」

我搖頭。他道：「這是一個螺旋膠囊，上下兩半一樣大，這說明這個膠囊是螺旋擰在一起的，再用鉚釘固定，裡面應該是固體，不會是水或者氣體。你必須知道這個固體是什麼，否則用氣割會有危險。」

「為什麼？」

「如果裡面是黃色炸藥呢？這個罐子的大小，整幢房子都會被撕碎。」蘇啟航說道：「處理這種東西得非常小心，你必須先打一個洞，看看裡面的情況，在機床上打模具、鋼螺絲孔的設備可以用。不過你這東西的形狀像炸彈，估計沒人敢幫你忙。」

「那怎麼辦？」

他坐下來。「硝酸。」

我還是去找老盧，讓他盡快幫我弄點兒硝酸來，越快越好。這種東西看上去很難採購到，但是在學校裡有關係的話可以拿到大把。

那天晚上我在病房裡思考半天，比較簡單的辦法是用硝酸溶解鉚釘。鉚釘溶解了之後，因為常年的封閉和生鏽肯定已經把兩個瓶體死死黏住了。只要有足夠大的力氣，我覺得還是有可能擰開的。

這個過程可能要使用電動絞盤一類的機器，我決定用汽車的驅動輪，把輪胎卸下來，把這東西裝上去，然後只要固定另一端，啟動引擎，油門踩到底，我就不信擰不開。

具體的過程就不贅述了，我是在第二天進行操作，老盧和蘇啟航都來了。鉚釘的部分很順利，裝到汽車輪上有一點兒小麻煩，後來我們不得不使用摩托車。全部裝卸完成之後，把固定端那些天線一樣的東西焊死到車庫的鐵門上，然後發動了引擎。

最開始幾下，罐子紋絲不動，我鍥而不捨地踩著，一直踩到引擎發出了糊味，忽然我們聽到「嘎啦」一聲，鐵鏽末四濺；接著，一半的罐子急速轉動，露出裡面鏽爛的螺紋。

罐子瞬間就被擰開了，我拋下膠囊跑出去十幾公尺躲起來，結果沒有任何事情發生。

我走過去，看到罐子裡面沒有炸藥，沒有任何粉末，也沒有其他東西，竟然好像是空的。

這多少讓大動干戈的我有些失望，我蹲下去，仔細看了看，發現在底部的罐子中，有一個架子，架子上放著一片金屬片。

我把它拿出來，那是一個銘牌，上面有三個單獨的數字，數字精確到了小數點後面兩位。

他們圍過來看，都覺得很意外。

「就這東西？我還以為最少有點黃金珠寶什麼的。」老盧說道。

「也許這牌子就是黃金的，你看，一點兒也沒鏽。」他一個徒弟說道。

我掂量一下，這個體積、這個重量，和黃金沒關係，甚至不是鐵，是銅塊。

徒弟蹲下去，繼續去看兩個罐子，沮喪地撓後頸。

看熱鬧的人慢慢散開，只剩下我和蘇啟航默默地看著那塊銘牌。

「你有什麼頭緒？」我問他。

他抽著菸，默默道：「這是一個航海座標。前面兩個數字，是平面的位置。這個座標，應該是在南中國海。」

我打了一個激靈。在那一瞬間，蘇啟航在我心裡的地位空前偉岸了起來，他還是有專業技術的。

「那最後第三個數字呢？」

「我不是很清楚，不過看這個數值，可能是水下的深度。」蘇啟航說道，看了看那膠囊。「水下四百五十公尺，這是一個訊息瓶，指向南中國海深海的某一個地方。」

第四十三章 海底文明

海洋，海洋上的一個座標。因為蘇啟航是水手，他甚至能精確地知道，這個座標是南中國海。王海生是死在海裡的，死在花頭礁，花頭礁下的海底鋼罐裡，有一個南中國海的座標。花頭礁就在南中國海，而王海生死了之後，去了別人的腦子裡說夢話。

這些似是而非的線索，似乎確實串聯到一塊了。按照小說家的思考方式，那王海生可能沒有死，他在那天晚上，是被大洋中某種神祕的力量帶走了。那個力量留下了那些膠囊，讓後人去那個座標接他。

王海生到了海裡之後，得到那種神祕力量的改造，有了用腦電波控制別人

世界

的能力。他一直在透過腦電波控制南生，讓南生在夢裡說夢話，夢話的內容就是求救信號，但是南生一直沒有能夠理解這些夢話的內容。終於，王海生的能力越來越強，他開始可以控制南生的身體，並且希望透過控制南生來拯救自己。

但是整個事情被神祕力量發現了，於是它們控制了南生，偽造他的自殺，然後把他也綁到南中國海上，於是南生向我求救。

這就是一個腦電波溝通的神祕海底文明的故事，聽上去還不錯。晚上喝酒的時候，我看著那塊牌子，跟他們把我的想法講了，但沒提倒數計時的事。除了蘇啟航沒有和我們一起吃飯，在一邊遠遠地看著我，其他人聽得津津有味。

有一個人說道：「其實也有另外一種可能性，就是第一次來找你的那個人，就是王海生。」

「怎麼說？」我忽然覺得很有意思。

對方道：「他被那個神祕力量綁架了之後，立即就控制了南生，然後自己錄製了夢話，偽裝成有這麼一件事情，勾引你去調查。」

這也是懸疑小說的寫法之一。當然，這都是瞎說。我當時並不知道，我的這個推測中，有一個關鍵的點，被我忽視了。

吃完飯，我就開始盤算接下來該怎麼辦。以前所有的調查，都是在人間進行，就算是去花頭礁也幾乎是長官考察的規格，是帶著燒烤架和啤酒去的。南中國海上的一個座標，普通人應該是不可能去的吧。

醫院的餐廳在一樓，吃完飯之後，很多病人在門口的花壇旁邊抽菸，接下來就是打球、看電視的時間。我在花壇邊想著事情，想著該怎麼到達那個地方，身邊有哪些朋友可以幫忙……這時，蘇啟航坐了過來。

蘇啟航一過來，所有人就散了。他坐下來，我發現他的手有點抖。

「怎麼了？」我問他，我覺得他可能發病了要打我了，心裡也有點緊張。

他問：「你要出海？」

「這——不一定吧，就幾個數字，怎麼去啊。」我道。

「聽說，你是自願進來的？」

「難道你不是？」

「我是故意傷人鑑定強制進來的。」蘇啟航和我道：「所以，你可以隨時想走就走？」

「可以這麼說。」我知道只要我堅持，我是可以立即出院的。當然，這樣會讓我父母擔心，畢竟他們已經覺得我瘋得無可救藥了。

蘇啟航忽然握住我的手，我發現他的手抖得更加厲害。「帶我出去，我可以帶你出海，你去哪裡都可以。」

我愣了一下，他繼續說道：「你只要負擔油錢，三十萬到六十萬之間，看天氣。我找我朋友的遠洋漁輪，船很大，他們出海一次兩個月，可以用GPS到你這個地方，你做什麼都可以。」他看了看手錶。「兩個星期之後，他們就會出海，漁季到了。」

我看著他的手，他手心裡都是汗，我就問他：「你在這裡養病不好嗎？為什麼要出去？」

他看著我。「我十六歲就開始出海，一直在海上，我在陸地上，就不正常。我得回到海上去，我的病才會好。」

我聽說過很多船員會有一些心理障礙，畢竟兩個月在海上只有男性，人的行為驅動會慢慢接近動物本能。長期失眠和海風的侵蝕會讓人精神高度疲憊，但上岸之後都會逐漸好轉，沒有聽說回到船上會好的。

精神病院雖然有一定程度的自由限制，但遠沒有到監獄這種程度，所以蘇啟航其實是可以出去的。不過我也能理解，他和家人關係不太好，也許他以為他會被一直丟在這裡。

但我只能對自己負責，我還沒有能力在精神病院隻手遮天，我搖了搖頭。

「我做不到，我沒法帶你出去，這不是我能決定的。」

蘇啟航點上一支菸，對我道：「你一定得想辦法，因為我對你有用。」

事實上，既然知道了漁船可以出海，那我找小林一樣可以搞定，但我不想刺激他、被他打，就和他說，我還沒有決定要不要出海，畢竟長時間在海上是需要資質的。我這種身體，進入到每天都是三十度顛簸的風浪中，不知道能不能堅持下來。

蘇啟航接著說道：「你的那個座標，是一個很有名的地方，那裡並不是海面，是一個島。漁船是不能停靠的，因為吃水太淺了，但是我上去過。」頓了頓，他又道：「我們有時候會坐救生艇過去。在漁船上，你無論找誰，他們都不會想負這個責，讓你上島。你需要一個人偷偷帶你上去。」

說到這裡，他壓低了聲音：「遠洋水手是特殊津貼工種，非常危險，我知道你有錢，但有錢並不代表你不會和魚一起凍在冰櫃裡被運回來。我在海上的那些年，光是輪機長就凍過兩個。」

我被他說得一愣一愣的。他繼續說：「而且，關於那個島，還有一些事情，我到了那裡才會告訴你。所以，你需要我。」

第四十四章 就是這裡了

蘇啟航的話我不是很相信，我覺得他只是要找一個辦法，讓我帶他離開這裡。說實話，即使我有這個想法，也願意相信他，但我也沒有這個能力做到。

第二天我就想了一個辦法，帶著那個金屬牌請假離開醫院。我在外面的酒店打電話給小林，問他蘇啟航和我說的那個辦法，能否真的有效。

事實證明，這件事情要比蘇啟航說的難很多。

一來，對方不認可我要上島的理由，無論是作家采風還是體驗生活，對方都不接受。因為海上生活的艱苦，他們認為超出我的想像。

第二，是水手的心態和普通人不一樣，我即使願意給足夠的錢，他們也害怕我在海上無法適應，出意外之後，家屬索賠。當然，這裡還有一個非常重要的因素，就是座標實在是太遠了，他們害怕我和海盜有勾結，把他們騙到遠海進行劫船。

這種都是不親自去問，你不會知道的訊息。在陸地上生活的我們，絕對不會曉得其實南中國海上也有海盜出沒。

經過一番內心掙扎，最終我還是向蘇啟航妥協了。因為我實在等不起，夢話裡的倒數計時在一天一天減少。當然，我仍舊不可能利用合法的方法把他從精神病院放出來，我只好用一個最土的辦法，買通後廚的餿水車，他就躲在餿水車裡溜出來。

蘇啟航出來之後，我一度擔心他直接跑掉，但他出海的欲望，甚至比我更強。他很快就聯繫到他的老同學，有一個老水手做擔保，走不是官方的通道，我們很快就在舟山市和船員們接上了頭。

船長叫孫祖軍，大副叫莊楊，都是窮地方來的。莊楊一年也才六萬多的收入，用他們的話說，沒有辦法才待在海上。蘇啟航是他們的老船長，孫祖軍沒有當船長之前，是在蘇啟航的船上當大副。所以蘇啟航一來，他們都叫他船長。一艘遠洋漁船上，船長主要管理駕駛臺，輪機長主要管理機艙。

漁船上有兩個部門——甲板部和輪機部。甲板部主要負責航行，成員包括大副、二副、船醫、三副、管事、報務員、水手長、木匠、大廚、一水、二水和二廚；輪機部主要負責作業，成員包括輪機長、大管輪、二管輪、電機員、三管輪（註9）、機工長、銅匠、機工和機艙實習生。這些人我不需要一一認識，為了合法，船長把我安插成駕駛臺的實習生。

蘇啟航還是比較給我面子，但明顯所有人都不知道我的來歷，幾個人合計了一下航線，我都聽不懂。說實話，把蘇啟航從精神病院弄出來之後，我的狀態就非常不好。我到了舟山市才意識到，自己到底幹了什麼。

如果只是在夢裡說夢話，就只是一個奇怪現象，我裝糊塗不去查，一輩子過去也就過去了；但倒數計時，意味著有什麼事情即將發生，那裝糊塗恐怕是裝不了了。這種我在浪費時間，時間在快速減少的巨大壓力，讓我們立刻出海。

海上的生活頗有值得記錄的部分，在這段時間裡，我更加了解船上的人，對於蘇啟航也有了很多不同的認知。這些事有空可以記錄下來，但這裡容我長

註9　一水與二水皆為水手。一水至少有兩條船資歷，二水是過了實習期，剛得到值班證書的水手，有一條船資歷。管輪這職位則負責船舶機艙設備的維修與管理。

話短說。

我在海上的第六天——我們出海之後謊報了漁情——我們是直接衝著座標就去了——我的夢話開始出現變化。

倒數計時仍舊是倒數計時，但在倒數計時之後，我在夢裡開始笑。

我不知道這意味著什麼，這是積極的肯定，還是真的鬧鬼了。我在我的房裡裝了監視器，拍攝我睡著時的樣子。我雖然沒有南生那麼誇張的被控制狀態，但我也時常覺得，我在晚上錄到的熟睡的我，根本不是我本人，是一種其他的生物。

在我的焦慮即將達到極限，倒數計時只剩十五天時，我們到達了那個座標。之前從他們的聊天中，我就知道蘇啟航沒有騙我，那個地方確實不是一片汪洋，他們路過這裡的時候，都會看到一片群島。用蘇啟航的話說，這其實就是一座島嶼。只是大部分的土地被淹沒在水下六、七公尺的深度，所以露出很多高地，看起來像是一片群島。大船是開不進去這裡的，只能用小船進入。

這不是我意識中的孤島，有沙灘、棕櫚，這個島嶼全部都是岩石組成的，岩石被海浪打得猙獰嶙峋。我一眼看去，渾身的雞皮疙瘩都起來了。因為這個島，和花頭礁實在太像了。

島上什麼都沒有，一目了然。我忽然有一種恐懼，害怕長途航行到了這裡，一無所獲。還是說，這裡的礁石水線下面，也有那種膠囊？

我們在外海停泊，蘇啟航履約放下救生艇，帶著GPS和我一起進入這片島區。在海上的時候，我仔細地看了水線以下，這裡的水很清澈，我沒有看到任何膠囊。

這裡緯度很低，光照之強烈讓所有的一切都顯得白花花的，礁石被太陽晒得腥氣逼人，蘇啟航把救生艇拖上岸。

我們兩人繼續往前，很快的，便來到那個座標所在，是在一塊礁石的正中央，可以說是這座島最平坦的地方了。

蘇啟航點上菸，看了看腳下，看了看我。「就是這裡了。」

我走過去，那個地方，什麼都沒有。我問：「那個座標是一個三維座標，除了這個點之外，還有一個代表高度的座標。」

蘇啟航點頭。「是的，所以你要找的地方，要嘛是在你頭頂上四百公里高的地方，要嘛是在你腳下四百公里深的地方。」

腳下四百公里的地層是鑽石產生的地方，人是無法到達的。如果有鑽孔到那個深度，會有巨大的壓力讓岩漿噴上來。

為什麼是四百公里，不是四百公尺？我問蘇啟航，那個座標上沒有刻度。蘇啟航說，如果按照經緯度的比例尺，不是以公里計算，這個座標會顯得不夠科學。

我站在那個點上，仔細地去看頭頂和腳底，真的什麼都沒有。蘇啟航就在旁邊問我：「你到底在找什麼？」

我心說我怎麼知道在找什麼？我本來以為路上已經這麼辛苦了，在這裡可以簡單一點兒，沒想到狀況和花頭礁一樣，難道要到礁石下面去看看？

在這件事情裡，一定是有一個人，這個人製作了那些膠囊，在裡面放入座標。這個座標肯定是有意義的，這個島的存在，其實就是一種證據。但到目前為止，我看不出他做這些事的用意是什麼。這讓我有一種無力感，到了這裡，這種無力感就更加明顯。

「你說，座標會不會偏移？」

「你什麼意思？」

「就是三十年前的座標指的是這裡，三十年後，座標會偏一點兒，因為地球磁場的關係。」

「你是指，這是三十年前的座標，但是三十年後座標已經移動了？不會。」

蘇啟航說道：「你要找的地方就是這裡，我已經完成約定了。」

我看他的表情，覺得他早就知道是這種結果，嘆了口氣，覺得自己也應該早就想到。

忽然我想到一件事情。「你不是說，這個島上有個特殊的、需要用到你的地方，是什麼？」

蘇啟航朝我揮揮手，我跟著他往礁石下爬了幾步，走了幾個特別難走的拐角。這裡有一條路是在水下的，得蹚水過去，過去之後，就繞到這塊礁石下面。礁石下有一塊腫瘤一樣的大石頭，顏色和這裡的石頭不一樣，石頭上有一道縫隙。我立即就看到，在那道縫隙裡，坐著一個東西，是灰褐色的，外面裹著皮革一樣的東西。我一開始還以為是海洋垃圾卡在裡面形成一個怪形狀，但是仔細一看，我就發現，那是一具骷髏。

那是一個死人。

第四十五章 屍體

我倒吸一口冷氣，心臟狂跳。我沒有想到在這種遠洋的礁石下，會有屍體。屍體裹在一堆海洋垃圾裡，皮革應該是他的衣服，已經長滿了藤壺，連同骷髏的頭骨，都和藤壺、礁石長在一起。

「這是誰？」我努力按下緊張。

「我還以為你是來找他的呢。普通人不會到這裡來，有一次一個水手到這裡來，水壺掉下去，落到下面，他下來找，看到這具屍體。那個水手告訴過少數幾個人，其中包括我。」蘇啟航的菸還沒有抽完。「沒有人知道他是誰，應該死了有幾年，被藤壺包住，屍體已經帶不走了。」

世界

「你們沒有上報嗎？」

「上報了你就得帶著海事局的人再來一趟這裡，多一事不如少一事吧。你過去看看，說不定和你要找的東西有關。」

蘇啟航一點兒也沒有要過去的樣子。我深吸了一口氣，爬過去，心臟跳得更快了。

我翻動一下屍體身上的衣服，常年的海水沖刷已經把屍體的皮肉全部都沖走，甚至骨頭也已經不多了；可即使如此，手指上傳來的滑膩感覺，還是讓我覺得我的手不能要了。一翻動屍體上的衣服，就爬出好幾隻螃蟹，我起了一身的雞皮疙瘩。這個時候，我看到屍體旁邊的一團藤壺中，包著一個閃亮的東西，我湊過去，發現是一隻手錶。

我用旁邊的石頭把藤壺砸掉，把那隻手錶拿出來。手錶是不鏽鋼的，可即使如此，上面的鏽點也非常多了。把手錶翻過來，發現這是一隻訂製的老式手錶，是幾十年前非常貴重的梅花錶。在錶的後錶盤，還刻著一個訂製的圖案，似乎是某個工廠的訂製款，是當年用來表彰「勞動先進」的獎品。

我看了看那個圖案，渾身一個激靈。不知道為什麼，如果是常理之中，我絕對不會聯想到這個圖案所透露的訊息，但在那一刻，我幾乎立即就意識到背後的端倪。

之前在寧夏，我們去馬斗魯家裡，看到無數的Ａ４紙。馬斗魯在畫什麼東西？他家人告訴我，因為他每次只畫一小部分，要十幾年之後才能畫出那是什麼東西。但我一看到這隻錶後面的圖案，腦子裡再一對比馬斗魯已經畫出的那一小部分，我立即就明白，那是同一個圖案。

手錶的錶帶上，還有一個人的刻字，已經看不出來了，只能看到「沈國」兩字；第三個字看不出來，應該是這具屍體的名字。我看到那個圖案下還有一個「河北工構不鏽鋼製品廠」的鋼印，再仔細看這個圖案，是一個「工」字的變體。

我找了一個地方坐下，海風吹著我的同時，陽光直晒在我背上。蘇啟航示意我去陰涼的地方，我們找了一個礁石上面有石頭陰影擋住的空間，坐下來。這裡有很多蟲子一樣的東西，我們一坐下來就全跑開了。

我看著手錶，覺得無比不可思議。這具屍體一定和整件事情有關，這毋庸置疑。但是，在寧夏的瘋子，為什麼一直在畫一個國有不鏽鋼製品廠的廠標？而且他是用像素的方式，要十幾年才能把廠標畫出來。我在遠洋的海上，本以為這裡會有外星人或者海底文明的痕跡，或者至少是二戰時期的寶藏，但我們找到的只有一具國有不鏽鋼製品廠的員工屍體，名字應該叫沈國X。

河北的一個不鏽鋼廠的工人，為何會死在南中國海的深處？

這整件事情瘋了，徹底瘋了。小說是絕對不能這麼寫的，好在這是現實，但這個現實意味著什麼呢？

蘇啟航在我思考的時候，幫我繼續仔細地檢查屍體。我發呆的時候，他有了新的發現，遞到我的面前。

那是幾個玻璃瓶，上面有的標籤已經被泡得什麼都看不清了，瓶子裡面也全部都是霉斑。瓶子肯定是打不開的，瓶蓋上全是藤壺，還有一個幾乎全部都是藤壺的「球」。我接過來一看，發現這似乎是一個水壺。

「就這些了。其他的，你得把這裡的藤壺全部敲掉才看得到。也許下面還有一些東西，但我們沒有工具，得回去拿。我建議你回去睡個午覺，下午再過來一趟，晚些時候這裡會涼快一些。」

我這才有點緩過神來，看著那具屍體想了想，我決定聽蘇啟航的。這裡太熱了，我無法安靜地思考，我現在需要一個有冷氣的空間，仔細思考問題。

我們回到船上，船上的人都問我有沒有收穫，我分不清他們是幸災樂禍還是真的好奇，就直接回了房間。中餐我沒有吃，我把所有東西攤開在桌上，用螺絲刀一點兒、一點兒去敲玻璃瓶上面的藤壺，終於把玻璃瓶擰開了。裡面竟然是藥片，都發霉了，但是我在玻璃瓶的瓶蓋背面，發現了藥的名字。

這種藥叫做伊馬替尼，是一種非常古老的治療癌症的藥。

這具屍體，患有癌症？

我也很快清洗了手錶，知道了「沈國X」最後一個字是「鯉」。我用衛星訊號接上網路，以六十塊錢一分鐘的網路費，讓我的各種朋友去查河北不鏽鋼製品廠。這個廠竟然還在，只是工人都沒有了，廠房一直沒有拆，而沈國鯉是一九七六年到一九九九年間的廠長。到了這個分上，老工人已很容易找到。很快的，就有朋友回覆，找到了一個當時的工人。

工人說沈國鯉是一個做事情非常有條理的人，還是北大少年班（註10）畢業的高材生，當廠長之後，喝酒喝的多了，就沒有那麼聰明了。但是沈國鯉最後的去向，並沒有提到。他沒有結婚，平時話也不多，幾乎沒有朋友。

這些抗癌藥顯然是沈國鯉的，沈國鯉得了癌症，這是否是他一個人死在南中國海上孤島的原因呢？人說選擇自己死亡的方式是一種浪漫主義的體現，但

註10　從中學年紀孩子中選拔優秀者到大學去培訓的課程。

一個人在那個時代要費多大的力氣，才能讓自己死在遠洋海域？這是否符合邏輯？

當我看到那個水壺的時候，我開始意識到，我終於在整個調查中，邁進了一大步。

我把水壺外面的藤壺敲掉，它的材料和之前發現的鋼製膠囊是一樣的。水壺已經不可能擰開了，我借了鋼鋸，把口子鋸掉，裡面的鏽水全流了出來，並從裡面掉出一枚戒指。戒指是金的，上面有兩個中文字，「藤壺」。後面接著一個年分，一九九〇。

我想把戒指戴到手指上試一下，發現只有小拇指的第一截可以戴進去。這種指圍一般都是女性戴的，這是一枚女用戒指。他藏在水壺裡，臨死都放在身邊。但是什麼樣的女人，會叫做藤壺呢？

我仔細想了想——不知道為什麼，那幾天我的腦子特別清醒——我意識到藤壺也許不是本名。這個世界上，不是本名，但是會刻在戒指內圈的，要嘛是暱稱，要嘛是一個筆名，只有這兩種名字和本名一樣重要。

藤壺不會是一個暱稱，在一段戀愛裡，如果一方決定叫另外一方藤壺，那麼愛情也應該結束了。

這應該是一個筆名，但我看的書算多了，卻沒有見過筆名叫藤壺的作家。這個筆名有可能是用在筆友的書信往來中，或者是一些非常冷門的出版物中。

我讓我的朋友們幫忙，在各個省立圖書館或者大學圖書館裡去找，只找到一位擁有藤壺這個筆名的人，是一位女詩人，只出過一本詩集。我用衛星電話和她通話，詢問了沈國鯉的事情。

至此，我們的故事在這裡開始轉折，並且全面展開。

下篇 世界

第四十六章 死亡座標

我們再來複習一下整件事情，在花頭礁發現的那種鋼製「膠囊」中，有一塊刻著經緯度和一個疑似垂直座標數字的銅牌，指向了南中國海上的一座島。

這座島上，座標的所在，什麼都沒有；但在石頭的縫隙中，我們發現了一具屍體。

屍體的名字叫做沈國鯉，是河北不鏽鋼製品廠廠長。河北不鏽鋼製品廠是一間國有工廠，組織上有詳細的紀錄，所以很快的我就聯繫上當時廠裡的一些老工人。沈國鯉身邊帶著一枚戒指，是一個叫做藤壺的女人的東西。

不出所料，藤壺是一個筆名，我找到那個叫做藤壺的女詩人時，她非常驚訝有人會因為那本詩集來找她。但我說起了沈國鯉，她就沉默了。

整件事情一直籠罩在非常沉重的謎團裡，但是她的出現讓這個故事變得有一絲人情味起來。

藤壺告訴我，她是沈國鯉的筆友，沈國鯉看到她的詩集之後，和她聯繫，兩個人通了四、五年的信件，這在當時是比較常見的社交方式。藤壺說，沈國鯉對她是喜歡的，但無奈她當時已經有了家室，而且比沈國鯉大了六、七歲，她覺得不太合適，就婉拒了。

那本詩集，是她年輕時候創作的，也是十分坎坷地出版了，當時她很開心，畢竟這對文藝青年而言，算是一個很大的成就。但詩集並沒有太大的反響，她最後也當了產業工人，結婚生子，並沒有想過會有仰慕者出現。

我聽到藤壺是在一本頗有影響力的雜誌上發表詩歌、最後結集成書的，就知道她的創作其實是有一些水準。

沈國鯉是以詩歌愛好者的身分和她交流的，但藤壺告訴我，在多年的信件往來中，她覺得沈國鯉並不是真的喜好詩歌，他們談論詩歌的次數非常少。更多的時候，是沈國鯉在向她傾訴他的愛意以及述說瑣事、煩惱。

最大的煩惱就是沈國鯉的癌症。在通信中，沈國鯉慢慢透露出，他患有癌症。在抗癌的過程中，他看到了詩集，並且深深地為之著迷，才來聯繫她。

對於這樣的人，藤壺當然要給予鼓勵，於是回信安慰他，兩個人才開始了筆友聯繫。藤壺是海南人，所以兩個人當時也不具備見面的條件。

這些信件藤壺並沒有保存，我聽著藤壺的話，大概知道她並沒有說出所有實情——因為那一枚戒指。

以戒指作為禮物交換的人，不會是那麼淺的關係。但畢竟歲月流轉，每個人當時的境遇和現在的境遇已經大不相同，有些事，藤壺是不會承認的。

藤壺對沈國鯉的印象也是沉默寡言，沈國鯉患癌之後，並沒有明顯的情緒變化，反而變得更加忙碌。在信中，他告訴藤壺，他有一種全世界人都無法相信的治療方法，可以治癒他自己的疾病，但他需要很多錢。他甚至透露他開始虧空廠裡的資金，去實施他的治療計畫。

藤壺曾經勸沈國鯉不能鋌而走險，她覺得他可能是被江湖騙子騙了，但沈國鯉對她保證，他是科學和唯物主義至上者。

「我們只看到眼前的世界，而忽視了我們看不到的世界。」

這是沈國鯉的原話。

「事實上，我們有無窮的可能性，只要你有超越眼前的內心。」

這些帶著詩感的句子，似乎是沈國鯉為了迎合藤壺的身分而特地設計的，我都一一記了下來。

我問了藤壺，知不知道他的具體計畫是什麼？藤壺說她沒有細問，但沈國鯉和她有一次鄭重的告別。她知道他是要出海的，但她不明白，為何那次告別要那麼正式。後來她才明白，那次通信之後，沈國鯉就和她斷了聯繫。沈國鯉應該知道，那是他們最後一次通信。

「那是哪一年的事情？」我問藤壺。

藤壺想了一會兒，告訴我：「是二〇〇六年。」

我的背脊開始出冷汗。這一年，也是王海生死去的那一年。

「哦，對了，有一件特別奇怪的事，當時我就有注意到。」藤壺和我說：「在這幾年的信裡，他一直在感謝我，幾乎每封信，都有大量感謝的話。我雖然知道他是喜歡我的，但這樣的感謝，和喜歡似乎沒有關係。其二，他一直在抱怨中國的鋼材品質，他說當時的鋼不好。」

我讓我的出版社把藤壺的詩集一頁一頁傳真給我，這個大概要花上一個下午的時間。到了下午三、四點，太陽才稍微下去一點兒，蘇啟航帶我重新上島。我也不知道還能做什麼，就把島上前前後後的縫隙，又重新找了一遍。

再看到沈國鯉屍體的時候，我的感覺已經不一樣了。之前他是獵奇的無名屍，現在他已經是一具有血肉的殘骸。

他當年得了癌症，一直想要把自己治好，大概是在二〇〇六年，他出海到了這裡，帶著藥物。

有一種可能，是他的治療方法失敗了，他絕望之下，想到海上來等待死亡。為什麼我會這麼想？是因為一個喜歡詩歌的人，可能會選擇浪漫主義的死亡。也就是說，藤壺的詩歌中，可能會有大海和死亡的描寫，影響了他——這也是為什麼我要看藤壺的詩的原因。

但這個推測其實是不可能的，因為那些鋼罐，還有座標銅片，說明了一切。顯然沈國鯉是把自己的去處——也就是這裡——刻在銅片上，然後裝在鋼罐裡，沉在花頭礁。

為什麼他要將鋼罐放在花頭礁，我們暫且不討論，但他如今的做法，是用了非常誇張的方式留下他的死亡座標，那麼他就不是想要默默地死去。如果想讓別人以後能找到他的遺體，也不需要用那麼多鋼罐去存放座標。

他一直在抱怨鋼的品質不好，他會用那麼大的鋼罐來存放座標，顯然是希望裡面的座標銅片能夠極其完整地保存下來。

這是非常縝密的考慮，和一個將死之人想浪漫地死在大海深處，是兩種完全不同的風格。

以我對人類的理解，沈國鯉不僅不浪漫，還應該是一個比普通人要理性的人。他千方百計要保存下他的死亡座標，然後來到南中國海深處，應該如他所說，有一個完全理性的、唯物的理由。

與他同一年出海的王海生，同樣死在了海上，二〇〇六年的大海。

二〇〇六年的大海上，到底發生了什麼呢？

第四十七章 約會

這一次去小島，蘇啟航把遮陽傘帶來了。我原本以為他是怕我晒著，結果他找了一個礁石背陰靠海的地方，把遮陽傘插上，然後打開躺椅，開始打瞌睡。他還帶了一罐子啤酒、冰桶和魚竿。

我則是漫無目的地在礁石上晃悠，想尋找更多收穫。說實話，目前我得到的進展是巨大的，但這不是我預想的收穫。

最終我筋疲力盡地坐到蘇啟航身邊的時候，心裡終於認定了，這裡除了這具屍體，什麼都沒有。漁船沒有辦法在這裡停靠太久，明天一早，他們就要離開。我還要在海上熬幾天，他們會在馬來的一個港口把我放下來，我拿船員證坐飛機回去。

蘇啟航睡了一覺醒來，已經釣了幾條魚。近海魚的味道和遠洋魚不一樣，他廚藝很好，今晚估計是要加菜。雖然倒數計時一直在持續，但新的線索暫時轉移了我的注意力。

我喝著帶著魚腥味的冰鎮啤酒，問他：「你航海那麼長時間，知不知道二〇〇六年，這裡的海上有沒有發生過什麼特別的事情？」

蘇啟航搖頭。「在海上過日子都數不清楚，哪裡還會記得那麼多。」

「就我自己而言，我覺得航海這種生活，如果不是有特殊的原因，我一週都堅持不下來。你為什麼那麼喜歡航海？」我沒話找話。

「這裡人少啊，我不喜歡人。」蘇啟航看著大海，眼神裡多了點兒東西，不可捉摸。「你們寫小說的應該能理解。」

確實，我也是因為不喜歡和人打交道，才幹這一行的。我問他，他接下來想怎麼弄。他是肯定不會和我上岸的。

他告訴我，他會在船上待到這一次航行結束，然後再作打算，他是不準備再回醫院去了。

聊到這裡，我忽然靈機一動，問：「如果你未來要是病了，你會想病死在海上嗎？」

他看了看那具屍體的方向，知道我想問什麼，就說道：「想，但我不會帶著抗癌藥來。如果我是來赴死的，在海上，還是想死得快一點兒。如果要熬著等死，那我還是會選擇待在醫院裡。」

我若有所思，覺得他說得很有道理。沈國鯉帶著那麼多藥來，他並不是來赴死的。我撓了撓頭髮，覺得心煩意亂，看了看四周，這裡幾百公里內都沒有人，他到底是來做什麼的？這裡到底有什麼？

帶著這種焦慮，我又在島上找了一圈，太陽就下來了。海上的落日無比壯美，紅光染紅了幾乎半片天空，我知道大勢已去，便去拿了半截屍體的指骨做樣本，坐救生艇回去了。此時正是太陽一半進海裡的時候，霞光竟然是粉色，我都看得痴了。而另一邊，我們的漁船被洋流沖遠了一些，竟然有一種要拋下我們離開的假象，雖然知道這不可能，但我還是心生恐懼。

回到船上，藤壺的詩集已經傳真過來了。蘇啟航開始做飯。看我認真的樣子，所有人雖然好奇，但也沒有打擾我。我回到自己的房間，仔細地閱讀這些詩歌。

在我意料之外的是，這本詩集中，全篇只有一首詩和大海有關。我在這裡摘錄一些，這首詩是這麼寫的。

當大雨降臨之前你離開你的旅館，
那是你的大船，
你的旅途是悲哀的遠航，
因為你離開了你的故鄉。
水手為了赴約而心傷，
你以為大海是你的家鄉，
巨大的黑影蹲在碼頭旁，
我想起海港，
不是你走時候的模樣。
如果你的未來必將到來，
你何必此時驚慌，
無論大航程多麼漫長，
終將看到指引你回航的燈光。

說實話，藤壺的才華有限，僅僅是當時那個時代給予文藝愛好者的一種優待，讓這些詩歌能夠刊登出來。真正的詩歌，要達到的是那種欲達未達的狀態，這還遠不是這回事。

但這也不是普通老百姓能夠傳頌的那種文體詩歌，沈國鯉是怎麼喜歡上這種詩的？難道是當時的機緣巧合，沒有任何理由？

從我調查到的情況看，他把藤壺當作知音，一直在感謝她。

如果沈國鯉是一個非常感性的人，我覺得他可能會因為癌症的痛苦而崩潰，然後因為偶然看到一本詩集，就把它當作寄託。但沈國鯉是一個非常理性的人，他不會出現這種情感豐富的習性。

啊，為什麼？

冥冥中，有很多的線頭，一直在我心頭縈繞，我覺得我馬上就要搞懂是怎麼回事了，但還是差一點兒，差一個線頭，就能夠看到具體的邏輯線了，但就是想不出來。

蘇啟航把菜端進來，還泡了一杯咖啡給我。他對這件事情毫無興趣，但我覺得他理解我的痛苦。

在接下來的旅程裡，我通讀了藤壺的詩歌。越讀，我就越明白這東西應該賣不出去。大概十一萬字的文字裡，我幾乎什麼都沒有讀出來。

蘇啟航幫我打聽了二〇〇六年曾經出海來過這裡的漁船，因為沈國鯉要到這個島上，顯然得按照跟我一樣的方法，那就一定會留下痕跡。可是在幾間大船公司裡，都沒有找到沈國鯉的名字，他不是以合法身分上船的，有可能是被人藏在船上帶出去的，類似於偷渡。那問是問不出來的，這在當時屬於違規，現在的船長、船員要嘛退休了，要嘛已經升官了，這種事情會選擇爛在肚子裡。

我還是相信重賞之下必有勇夫，就讓蘇啟航弄了一個信箱，讓知道的人可以匿名寄送消息來。我對外說自己是沈國鯉的親人，已經找他找很久了，希望有個結果，不要無休止地等下去。並沒有回音，世道沒有我想的那麼善良。

幾天後我和所有人告別，下了船。這艘船和蘇啟航、未來，都有新的故事發生，所以這裡稍微做了一些介紹，就此別過。而我馬不停蹄，去了河北，去找那個不鏽鋼製品廠。

這個時候，離我夢話中的倒數計時結束，只有七天了。

我一個人在石家莊落地之後，到酒店刮掉鬍子，替身上潰爛的地方塗上藥物。聽著錄音筆裡的倒數計時，覺得自己在打一場只有我一個人知道、看到、感覺到的戰爭。

七天的倒數計時、另一個世界、海邊兩個少年的承諾、夢話中都是別人的人生經歷，以及一個死在南中國海孤島上的男人，還有一本莫名其妙的詩集——我都可以把裡面很多詩歌背出來了。在睡前，我會不停地一首一首回憶，希望如同寫作一樣，會因為過度閱讀而產生靈感。

在倒數計時第七天，我早上起來準備去不鏽鋼製品廠，還在上廁所的時候，我忽然靈光一現，腦子裡閃過一句詩。

「你的旅途是悲哀的遠航，因為你離開了你的故鄉。水手為了赴約而心傷。」

我愣在當場，心說當時怎麼沒有想到——赴約，是赴約。

沈國鯉莫名其妙地去了一個地方，並不是準備去尋死，他為什麼要去南中國海那麼遠海的一個孤島上？沒有任何理由。

除非，他是和另外一個人約在那裡。

第四十八章 廠長

我心潮澎湃，這些進展讓我對於了解整個事情的真相，增加了不少信心。但是誰約人，會約到南中國海的外海孤島呢？對於普通人來說，這可能比沈國鯉為什麼一個人出海更加讓人費解；但對於小說家來說，這是有可能解釋的。

如果沈國鯉的不鏽鋼製品廠其實是軍事企業，掌握著某些國家的技術，那麼有當年的外國情報機構允諾治癒他的癌症，讓他帶著機密去外海孤島上等待潛艇的接駁，這部分的故事情節就十分合理了。

那麼他死在那個島上，很有可能是外國情報機構得到了技術之後，沒有履行諾言，把他丟下或者殺死了。屍體已經化成白骨，我無法判斷死因，所以具體真相是如何的，不可能還原。

而且，我還不知道，我夢話裡的倒數計時和這些事情到底是什麼關係，但沈國鯉的經歷如此的有邏輯，讓我對夢話和倒數計時有了一種「我也一定能找到合理解釋」的信心。

從沈國鯉，到我、南生、王海生經歷的一連串事情、夢話和倒數計時，這之中還有無數我們沒有查清楚的部分。我內心激動，那一刻覺得，接下來的時間內，我可以一查到底，知道所有的一切。

當然，也許只是我覺得而已。

在藤壺的詩歌中，有海中的黑影、赴約的描述，也許是因為這些詞句讓他有了靈感，所以他才會那麼感謝藤壺並且把她當成是傾訴對象。

我來到酒店大廳就把指骨寄給大學同學，她老公是在大學鑑定實驗室的，我讓他幫忙鑑定，之後趕往沈國鯉的不鏽鋼製品廠。我需要更多的佐證，來證明我的猜測，以及，我開始懷疑，那些鋼罐，就是沈國鯉裝著國家機密的容器。在那個工廠裡，應該會有蛛絲馬跡。

這個廠也是託小林靠關係幫我安排參觀的，找了當時廠裡的一個老門房帶我們。老廠房已經荒廢很久了，土地是屬於開發區的，按道理應該早就被賣掉了，但因為這個廠有太多的養老保險，巔峰時期有六千名工人，而這些工人的保險都還掛在這個廠，當時沒有處理，所以沒有開發商敢接這塊地。

整個老廠只有靠近馬路的一些廠房租給附近的民營工廠，裡面大概有百分之八十的區域，完全荒廢。

我到的時候，小林也被當地開發區的一個祕書長送過來，身上全是酒氣，應該是昨晚喝酒應酬，沒有洗澡就來了。

「長官們先去哪裡？這裡面已經沒有路了，我拿了鐮刀來，可能等下不好走，大家要先定個目的地。」門房問。

小林看了我一眼，他已經在電話裡聽了我各種新線索。我道：「先去辦公室。」

我要去沈國鯉的辦公室看一眼，我太想看看這個傳奇人物生活的空間了，寫故事能遇到這樣的奇人是十分幸運的。門房點頭，我們就往裡走。我遞過去一根菸，就急不可耐地開始問門房問題。

不出我所料，這個廠以前確實是兵工廠，而且我靠近之後，就意識到，這個廠真不是一般的大。這是一個巨大的廠區，裡面有醫院、學校、敬老院，這就是真正意義上的國有大廠。

這樣大的機構，底層工人對廠長的了解本來就是比較偏頗，門房對於沈國鯉也不是那麼了解，只說了一些傳言，沒有什麼新東西，他甚至不知道沈國鯉得了癌症。不過，當時沈國鯉在經濟上出過一些問題，據說被他在內部擺平了，這個人還是有一些手腕的。

其他方面，他無兒無女，平日裡喜歡看一些美國電影，倒是沒有傳過任何緋聞。沈國鯉都是住在廠裡的，我問當年這個工廠做軍工，有什麼機密項目沒有？門房就說，當時做的最多的軍工產品，只是頭盔而已，廠裡的技術並沒有到精密工業的水準。

我覺得門房可能也不會知道最祕密的流水線，只能問到一些邊緣的線索，就問他：「你們在關閉之前，主要收入是什麼？」

「都是大型機床，只要是不鏽鋼用品，我們都能造，做進出口。」門房道。

我拿出那些鋼罐的照片給他看。「你看看這些東西是不是你們這裡造的？」

門房看了就搖頭，說：「我們生產的東西太多了，我們得看產品編號，一般都有鋼印打在焊接縫這裡。當時每個人都有一個工號，哪個隊做的活，什麼時候做的，都能從編號上看出來。這種東西，我們隨時能做。」

那個鋼罐上面全是藤壺，藤壺非常難以洗乾淨，所以我其實沒有看到那鋼罐的表面，不知道上面有沒有鋼印，這個疏忽讓我愣了一下。當時只想著打開，沒有想到也許線索是在表面，於是立即致電老盧，讓他想辦法幫我仔細看看。

工廠大門是常見的鐵板門，完全鏽成了紅色的鱗片狀。大門前的區域全是野草，這些野草還不同於那種到腳踝的牧地狼尾草或者黑麥草，而是高度到人胸口、類似於木本的植物，我記得學名叫做泥胡菜，長得和罌粟花一樣。還有一些混雜在裡面的植物莖部有刺，雖然不如刺槐、荊棘那麼危險，但是一腳踩進去還是很不舒服，特別是褲管下的襪子被枝條劃得疼癢難忍，總感覺有蟲子在叮咬吸血一般。

不用翻過鐵門，因為鐵門旁邊的牆壁已經多處倒塌，這些都是紅磚牆，連水泥都沒有覆，上面的草長得和地上一樣茂盛。我們翻過去之前，不得不先做了除草的工作。這種荒涼的程度，讓我內心有一種難言的恐慌。

陽光很好，能看到院子內的廢棄建築幾乎被雜草完全掩蓋。所有的廠房屋頂全部坍塌成了空架子，空架子的橫梁部分還長著少量雜草；而廠房的內部，和野外幾乎一模一樣。

「首先是枯葉、鳥糞，風沙把很多土和植物的種子吹到廠房的房頂上，然後植物開始發芽。草本植物在冬天落葉枯死，第二年又有新的長出來，幾年下來，草根進入屋頂縫隙破壞了屋頂結構，而屋頂的枯葉層越來越厚，最終把屋頂壓塌了。屋頂沒了，雨水直接灌入廠房內，一切都爛了。」門房緩緩地說道：「裡面其實還有不少機器，全部壞了，也沒有人過來拉，其實挺可惜的。」

「爛成這樣恐怕夠嗆，這裡的草長得我們都不一定走得進去。」

我打完電話，小林就對我道。此時才意識到門房替我們準備鐮刀是多麼明智的決定。

我們一路除草，從廠房中穿過去，後面是連續四棟同樣的廠房，有一棟已經完全坍塌了。

在廠房的中間立著一些爬滿藤蔓的水罐，很像是工地裡的混凝土罐，用架子架成塔的樣子。因為水罐本身儲水，所以附近長著整片、整片毯子一樣的豬殃殃，這種植物好像在積水多的地方會瘋長。廠房和廠房之間的區域反而更難走，很容易被絆倒。

小林非常鬱悶，揮動鐮刀拚命砍斷這些藤，很快就大汗淋漓。

「這是什麼？」他爬上一團豬殃殃的頂部，發現這一團藤蔓裡面竟然是固體的。

他用鐮刀把上面的藤蔓拔掉，露出一個水泥方井，大概四十寸大小，在頂部有好幾層鋼網。最上面幾層都生鏽了，豬殃殃長了進去，能看到井口通往地下。

「水井？」小林勉為其難地靠過去，來到井邊，對著下面喊了一聲，發現回音很大。

「這是通風井，因為是軍事企業，下面有三防工程（註11），後來就改成車庫了。」門房說道。

「我就知道我不該來湊這個熱鬧。」小林汗一出，酒都醒了，說道：「這可遭殃了，這裡全是雜草，入口怎麼找？而且我特別怕黑，咱們不用下到地下吧？」

這就對了，我心說，這廠裡一定有非常機密的流水線，這絕對不是普通的工廠。

我清理了通風井根部的藤草，發現這井確實是從泥層下面挖上來的。這裡首先應該是一片水泥地，然後植物不停地腐蝕，落葉覆蓋，緩緩形成現在的情況。

註11　可防原子、防化學、防生物武器襲擊。

說起來，這裡雖然草木茂盛，但是荒廢成這樣也確實有些誇張。小林小心翼翼地跳過這片區域，來到下一個廠房邊緣、可以落腳的地方，在那裡整理皮鞋，拍身上的草碎子。

這裡已經可以看到工廠區的另一端，我沒有看到辦公大樓一樣的建築，正在疑惑。

「看那裡。」小林叫道。

我順著他的目光竭力去看，才看到一幢類似於荒廢洋樓的建築，竟然是在這廠房後方的半山腰上，離我們看上去有一里多路。

「這辦公區域和廠房可夠遠的。」

我看了看錶，只得繼續出發。我將小林從地上拉起來，往那洋樓拖去。這一里路最起碼走了一個小時，主要是廠房和山上步道之間的荒草地，極為難走。

來到步道上之後，意外發現步道修得非常好，雖然上面覆蓋了極厚的枯葉，但是只要落腳小心，能明顯感覺到下面的岩石沒有任何鬆動。

別看這廠房偏遠而且不大，這些基礎設置修得真紮實，不愧是軍事工廠，做事情一板一眼。

我們往上來到二層小洋樓的門口，門是鐵門，此刻正半開著。這座建築倒沒有太多雜草，可能是因為在山的背陰面，溫度下降了很多，只是被無盡的落葉所覆蓋。

「當心。」我說道。剛一碰鐵門，瞬間門閂就斷裂了，門直接往我身上倒來。我來不及反應，被鐵鏽的門直接壓成弓形，一路細心保護的襯衫直接拍滿了鏽渣。

小林捧腹大笑，差點沒滾下山。

我把門挪到一邊，同時，屋內被門的坍塌連動，大量東西從屋頂上開始往下掉落。

我們趕緊後退一步，唯恐這座建築物在我們面前坍塌了。一股無法形容的臭味，從門口湧了出來。

這不是本來存在於空氣中的，是屋頂上的東西坍塌下來之後，才從房子裡散發出來的，那是一種化學品腐爛之後的陰臭味。

往裡走了幾步，就能看到這幢洋樓幾乎相當於四層樓的高度，中間是一個大挑空，竟然有點歐式的設計。

一個黃銅仿金燭臺的大吊燈已經從頂上掉下來，砸在門廳中央，上面全是綠鏽。

在挑空的門廳正中，立著一個奇怪的東西，應該是一座半身人像，穿著中山裝，身上戴著很多徽章。如果在歐洲，這樣的雕像應該是青銅的，加上大理石底座，起碼有四公尺高；但是在這裡，這個雕像勉強比我們高一點兒，而且看上去像是石膏做的。

雕像的底座是大理石，上面刻著字。這個人要嘛是這個工廠文化崇拜的某個偉人，要嘛就是這個工廠裡的某個先進榜樣。

小林俯下身把大理石基座上的霉花掃掉，唸道：「沈國鯉，一級勞模，第三床機廠廠長，建設標兵。」

這位就是傳說中的廠長，還替自己立了個像。

不管從哪種方面來說，這個人都可以被人稱為史上最牛的廠長了，少年班的高材生，自願當小廠長，做出了無數匪夷所思的行為。

「廠長在廠裡就是土皇帝。去縣裡開會，看到各種貝多芬、林則徐這些半身像在會場裡放著，覺得喜歡，就替自己弄一個回來放廠裡，當年這附近的企業都有這個習慣。」門房道：「這在某種程度上也是生命有活力的體現。何況從大學裡出來的高材生，當時的天之驕子，有點小自戀不是壞事。」

小林點上一根菸，退後幾步。石膏像已經不成樣子了，雕像顴骨高聳，臉上都是霉斑和汙垢，看上去有點猙獰。

我第一次和這個人對視，石膏像和孤島上的那具骷髏重疊在一起。同時我看到了後面的牆壁上，有非常大的一個廠標，掛在上面。

就是我在寧夏見到馬斗魯畫的一角相同的圖像，下面有一行口號。

「相信未來的自己，不會讓現在失望。」

第四十九章 倉庫

我們往裡走去，所有的房間都荒廢了，老辦公桌已經霉爛得垮了。小林走進去，打開抽屜，翻出裡面沒有帶走的文件，想看看有什麼線索，結果卻發現什麼都有。看樣子這個工廠的保密級別，沒有我們想的那麼高。

我們分成兩路。因為荒屋經常會被野獸作為棲身之所，所以小林提醒我們提高警惕。我們把兩邊的走道完全探索一遍，有價值的東西已經不多了，只是在牆壁上，我們看到了很多工廠的破產通告。

我們駐足觀看，發現其中還有通報批評文件。工廠破產的原因，是因為工廠大量的鋼材被製作成一種鋼罐，但並沒有發現這些鋼罐的訂單，這個事情被沈國鯉認定為事故。在他們發現這個事故之前，已經有幾十車的鋼罐被運走。這是偷竊和詐騙行為，被立案偵查。沈國鯉因此被處分，然後停職。

果然是大手筆。我心說。

因為上層樓板全部坍塌了，所以上面放置的所有家具也全部掉進樓下的房間，而房裡堆積著腐爛的東西，完全無法進入。老式的木桌椅散架堆疊，甚至還有一架鋼琴整個倒扣在廁所裡。

我來到二樓，發現二樓沒有什麼好探查的。樓板坍塌之後，二樓大部分的東西都掉到一樓去了，唯有廠長室的樓板還好好的。

我們踩著橫梁，凌空一跳一跳的，跳到廠長室門口。進入之後，發現廠長室比其他科室要氣派一點兒，能看到霉爛的沙發和一張大辦公桌，書架有七、八個，放滿了書。我走過去，看到大部分都是專業書，還有很多關於物理學、海洋、潮汐這些自然科學的書籍。

「非常博學。」小林說道，他翻開幾本，裡面全是筆記，說明沈國鯉真的反覆在看這些書。

藤壺的詩集也在這裡！我翻開關於海的那首詩，上面果然寫滿筆記。我揣起這本書，接著打量四周。

在廠長室的牆壁上，有一張很大的航海圖，上面都被黴菌絲覆蓋了。小林找了一本書刮掉黴菌，我們就看到在中國附近的海洋上，沈國鯉也做了很多記號。

他在挑選座標指向的礁石。我心說。

我彷彿看到當年他在這裡的身影，他的沉思、他的謀劃。

這個房間裡的資料，清得非常乾淨，我們幾乎一份文件都沒有找到。小林來到陽臺上，鳥瞰整個廠區的時候，發現陽臺外有一座樓梯，不僅能下到二樓，還能繼續往下。山體上被挖了一個隧道口，樓梯直接通下去。

「有地下室。」我說道。三個人就往下走。

樓梯是水泥製作的，地下室入口有一道鐵柵欄，這個入口看上去就像是一個口被封閉的水井一樣，上面也爬滿雜草。我們踹掉鐵柵欄，繼續往下，進入地下室。

地下室幾乎是全封閉的，能看到牆壁上的通風管道，維持著這裡的氧氣供應。這些通風管道一定連著我們路上看到被藤蔓遮掩的那些類似於煙囪的東西。結構相當簡單合理。

小林向我使了一個眼色，讓我往下走。說實話，我認為貿然進入有些衝動，這下面的建築結構不知道堅不堅固，這個工廠廢墟離街道很遠，如果在這裡出事，很難求救。

不過都已經查到這裡了，實在沒有理由因為這種風險而放棄。

我打開手電筒，在通風口感覺了一下氣流，發現仍舊有風在吹動，這裡的設計還是體現出勞動人民的智慧。

樓梯非常長，在地下呈現「Z」字形的排列，明顯是通往山下。

「從心理學側寫來說，這廠長還真是變態，不僅把自己的辦公室蓋在半山腰上，裝潢成小洋樓的樣子，還修了一條地下的下山通道，這成本之高，設計之不經濟，告訴我們此人自私的程度已經到達了一種境界。」我說道。

「這裡本來是防空洞，他只是打通了而已。」小林說道。

越往下走，溫度越低，就在我感覺樓梯走不到盡頭的時候，我們終於到底了。

下面似乎是一個巨大的地下洞穴走廊，有一百多公尺寬，挑得非常高，類似於防空洞中讓坦克通行的運輸主幹道。我們逕直走進去。說實在的，我比我小說裡的人物膽子大多了，幹這些事情時，我毫無畏懼。我們一直往前走了三、四十公尺，這時，我發現轉動手電筒，已經照不到這個空間的牆壁，反而照出了其他東西。

那是成千上萬的「牡蠣膠囊」，猶如積木一樣整齊地堆積在牆壁上，一直到將近六公尺高的天花板全部堆滿。一個堆一個，將整個牆壁覆蓋了好幾層，順著走廊一眼望去，這東西根本看不到頭。

根本無法判斷數量，只能說成千上萬，無數個「膠囊」。

這東西單個看上去已經非常可怖，如今看著更是讓人頭皮發麻，感覺像是被堆起來的炸彈一樣。

「他們就是在這裡生產這玩意的？」小林驚呆了。「這是他們的倉庫嗎？」

「看這個。」我把光照到其中一個「膠囊」的表面，上面有一行鋼印。

B1-00034。

這麼大的標號預留數，這裡到底生產了多少個這樣的東西？

我用手電筒照了照漆黑一片的地下走廊深處，看到一個巨大的黑影，在更深的地方。

第五十章　神展開

小林戴上手套，在這些「膠囊」上摸了一下，這些「膠囊」應該是安全的。他弄完，取出打火機，點著了火，我問幹麼，他說：「你小說裡不是這麼寫的嗎？這個可以探測氧氣。」

話音未落，四周很多地方忽然出現各種窸窸窣窣的聲音——有老鼠被火光所驚嚇。有老鼠，證明這裡的空氣基本上問題不大。

我們繼續往前走，很快的來到一個類似於廣場的地方，我看到了四、五根巨大的柱子支撐著這個空間。

「和地下車庫有點像哦。」我從這個廣場看到通道往四面衍生，鋼罐子到處都是，而且堆疊得一絲不苟。

在這個巨大的空間裡，中間的柱子旁，有一個特別巨大的鋼罐，比其他的罐子都要大。

「這裡有個爹啊。」小林說道。

我走過去，往裡看了看。這樣巨大的鋼罐，裡面還有，和剛才那些小的比起來，真的像是兩種生物。

「你來解釋一下，這又是什麼？」

我看著這個鋼罐，搖頭。這下子我真不知道了。

在旁邊的柱子上，掛著很多文件夾。我拿起來翻開，都是生產的批號。按批號看，確實有大小兩種型號的罐子，小的竟然有幾萬個，大的也有幾百個。我還看到了採購的批號，看樣子有一些零件是採購來的，採購來的零件全部都是三極管（註12）……這些鋼罐裡，還有一些電子零件？

繼續往前，我看到了一箱一箱的三極管。在文件上，這些東西被稱為「計時組」，不知道是幹什麼用的。在這個區域，還有很多的運輸單據，有很多東

註12　是一個有放大器功能的真空管，在真空的玻璃外殼內有三個電極。

西都是運到海港，應該是透過這個方式，拋入海中了。

接著，我們來到整個空間的中心，是一個空曠的區域，我看到一個絕對不應該在這裡出現的東西。

那是一艘船。

不是模型，那是一艘真正的船，而且不小，從巨大的船斗能看出這是一艘用來運東西的老船。

「神展開啊。」小林喃喃道。

我沒有見過這種制式的船，不知道屬於哪一種，感覺上應該是現代水泥船和漁船之間的變種。

難道這是一種變態的裝飾嗎？

小林圍著船轉了一圈，掏出一支菸點上後終於把打火機熄滅了——估計是手瘦得不行了——說道：「這種船叫做駁船、平底船，主要的作用是將貨物從淺水區運到深水區。駁船一個人就可以操作，沈國鯉在這裡偷偷存放這些鋼罐，他想在這個區域做任何的事情，唯有靠這艘船。」

確實如此，這一個鋼罐的重量就不是人可以扛得動的。

「旱地怎麼開船？」

「這艘船可以在這裡出現，說明這裡肯定有過水，現在為何沒水了我也不知道。」小林指了指靠邊排列的那成千上萬的罐子。「這裡的水位應該是不穩定的，所以罐子必須靠牆排列，否則在水裡很容易變成暗礁。而洋樓也必須修在山上，否則地下水會倒灌進來。」

「水在哪裡呢？」我問道。

小林看了看四邊的通道，意思是「你猜啊」。

船舷很高，我撐上去用手電筒照射船艙內部，裡面是空的。我翻了進去，水泥船有些開裂，但是不至於腐朽得太厲害。我站在船頭看去，船頭對著其中一個通道。

雖然不能單純因為船頭的指向就確定那邊是船的出口，但是我想總不至於沒有任何理由地亂猜其他方向。

船的後艙是一個很小的空間，這種船艙室只是讓人偶爾休息使用的。我們進去後，發現裡面是條爛被褥。然後，我們在裡面發現了大量的銅牌和一個鋼印機器。

就是用這個機器在銅牌上刻下座標數字，所有的銅牌都掛在艙壁上，好像一個年代很久遠的鑰匙鋪一樣。

「這一排大概就幾百片銅牌，上面的數字全部都是一樣的。這個人將其散布在海裡。」

「海洋那麼大，就算再多的罐子，也無法保證能被找到。」

「你在花頭礁找到的那個『膠囊』和裡面的銅片，和這裡的一模一樣，應該就是這裡生產的。」小林說道：「但花頭礁下的膠囊，已經被藤壺海鏽覆蓋了……」

「花頭礁下的都是小罐子，是不是礁石更深的地方，有那種大罐子？我們沒發現？」我指了指文件，上面有記載。

讓人失望，接下來我們的尋找毫無收穫。往前走到了空間的盡頭，幾個人在裡面又找了好幾圈，沒有任何讓人驚喜的線索。

我們又回到巨大的鋼罐旁邊，我看著這個鋼罐爹，心裡有一絲異樣。這個鋼罐非常大，但鉚釘非常密集，而且密封性做了三層，這個東西似乎非常考驗密封性。

「怎麼了？」小林問我。

「這裡有一個凹槽，是放電子零件的，那些三極管就是用在這裡。」我說道。我有一種預感，這個東西很重要。

我這是廢話，但在罐子爹旁邊待了三個小時，仔細研究，卻沒有任何更多的收穫了。這東西雖然很大，但還是一個結構簡單的東西。我覺得關鍵應該是，這東西的裡面，會裝什麼。

回去的路上，我們都沒有說話。我抽著菸，雖然沒有什麼大的收穫，但我覺得很多疑問得到了證明。我腦子裡出現一個詞語——當代奇人。

第五十一章　當代奇人

在小說裡，有一種寫法，叫做當代奇人。描寫的時候，一般是這麼安排的——在非常真實的現實主義寫法中，寫一個行為格格不入的人。這個沈國鯉，就是當代奇人。從我們在地下室找到的批號來看，他起碼持續瞞報材料，偷偷生產了幾萬個鋼罐，導致了這個工廠的破產。

所有的一切都是在他得了癌症之後發生的，他從藤壺的詩集裡得到啟發，做了這一切，這從他在詩集上的筆記能夠得到驗證。

那些罐子裡，裝滿了指向南中國海一個孤島的座標，現在全部下落不明。我們在地下室看到的只是一小部分，起碼還有四倍數量的罐子，已經被運走。

在地下室的辦公區域，我們發現了大量的地理、海洋氣候方面的資料。而沈國鯉的屍體，被發現在那個孤島的礁石下，已經死亡很久，和礁石融為一體。

回到酒店已經接近凌晨，我和小林各自坐在床上，我看著筆記本，把裡面的訊息讀了一遍又一遍。

離倒數計時只有三天了，所幸我取得了重大的進展，只差將這些訊息全部連起來。

「這會不會是一個大型的行為藝術？」小林問我。「他只是讓自己的死亡變得有儀式感。」

「從他的筆記裡能看出，他不是在作秀，是在認真地自救。這個哥兒們是一個極端理性的理科廠男，他深深地相信自己的辦法是有效的。」我說道：「既不是封建迷信，也不是偏執妄想。」

「但他還是死了啊。」

「自救也可能會失敗的，做任何事情都有機率。也許他想的辦法沒有起作用，但不代表，他做的這一切都沒有意義。」我說道。

小林也點頭。「那你可能永遠也無法知道事情的真相了。」

「為什麼？」

「因為凡事都有失敗的機率，你的調查也有可能會失敗。」

我看向他，他揶揄地回看我。我心中苦笑，他說的是對的。

小說裡的主人公總會知道真相，但現實中的未解之謎，有些不會得到解答。

「你繼續研究，然後保持心理健康。別倒數計時的時間結束了，你和南生一樣自殺了，然後我開始說夢話。記住啊，要是發生這樣的事情，千萬別找老子，老子肯定不理你。」

小林站起來，替我泡上茶放在旁邊，然後拿上香菸往外走。

他似乎不想吵我，此時我有一些感激他。

大學一堆朋友裡，我是屬於活躍的、對事情比較沉迷的那一類人，小林則是理性、臨走會把教室關燈的人。

他在讀書的時候裝熱水、抄筆記、整理考試資料，學得分外認真。

這種人一般是不願意和我這種白嫖黨做朋友的，但小林對我不錯。如今他在我身邊，我感到一種心安。

房間裡只剩下我一個人，我有些害怕。

我努力鎮定心神，坐到書桌前，打開電腦，裡面全是我的錄音檔案。我點開播放，同時把今天一路拍的所有照片做成螢幕保護程式，在螢幕上自動播放，然後我把筆記本的每一頁都撕下來，貼在書桌前的牆上。

訊息飽和式思考，是一種有效的得到靈感的方法。

昏黃的檯燈下，我聽著、看著，開始尋找我疏漏了什麼。

大概發呆了一個多小時，我忽然在錄音檔裡聽到一句話，這句話我之前聽過，但是沒有在意。

只是現在聽起來，這句話就非常刺耳了。

錄音顯示時間在倒數計時開始的那天，除了倒數計時之外，南生還說了一句話。

「他們接錯人了。」

我坐了起來，聯想起之前的推論——沈國鯉是想帶著國家機密，去海島和國外的潛艇會合。

雖然我們在工廠裡沒有發現國防機密的訊息，但這個可能性我現在仍舊覺得是非常大的。

接錯人了。

如果是這樣的話，難道，沈國鯉去海上確實是在等什麼人接他，但沒有被接到？不對，不是沒有接到，語句中有非常清晰的「接錯人」的描述。

是接錯了。

那麼，那個錯的人是誰？

我想了想，一下子從座椅上跳起來。難道是王海生？

在花頭礁的王海生，被原本要接沈國鯉的人接走了。所以沈國鯉被人遺漏，死在了礁石上。

第五十二章　詩集

我站起來開始踱步，腦子一會兒清醒，一會兒模糊。沒錯，事情的真相應該就是這樣的。

我將所有的訊息拼湊起來了。但是，但是，但是，沈國鯉到底在海島上等誰？真的是外國的情報勢力嗎？難道這些鋼罐裡，就是國家機密？他把這些罐子都送給了外國的情報機關，換取治療資源？

我想到了在地下室看到的那只大罐子。除了那些膠囊一樣的鋼罐，沈國鯉還做了一些比「膠囊」體積大上很多倍的鋼罐。從批號來看，小罐子起碼有三、四萬個，大罐子也有幾百個。這些罐子是不是都沉入海裡了？如果是機密的話，一個罐子就夠了，不需要給那麼多吧，難道是資源？這些罐子裡裝著什麼國外沒有的資源？

不對，從現場證據來看，那些鋼罐裡裝的可能都是座標牌，至少有一大部分是。這些座標牌只有一個作用，就是指向他死亡所在的島嶼座標。

難道是漂流瓶？他把自己的座標藏進去，漂在海上，希望有外國勢力可以發現這個罐子？不對啊，這東西根本浮不起來，而且和國外交流不是可以透過電報嗎？為什麼要用漂流瓶這種隨機溝通的方式？

我怎麼想，都對這些鋼罐的用途沒有任何頭緒。而且，這一切，為何又和花頭礁上的王海生發生了聯繫？我剛才的靈感一閃而逝，覺得剛才推測出來的結果，並不是真相，我還是一無所知。

這個假設，沒有辦法解釋罐子的事情，包括海流雲當時的發瘋，有太多的細節沒有辦法符合邏輯推演了。

我再次陷入了沉思。

又發了一會兒呆，我忽然看到那本詩集，我把詩集拿起來，翻到沈國鯉做了無數註釋的那首詩的頁面。就在這個時候，電腦的螢幕保護程式自動播放出沈國鯉雕像的那張照片。

那張照片裡，雕像後面的牆壁上有一個口號——相信未來的自己，不會讓現在失望。

我又看了看詩歌，詩歌是這麼寫的。

當大雨降臨之前你離開你的旅館，
那是你的大船，
你的旅途是悲哀的遠航，
因為你離開了你的故鄉。
水手為了赴約而心傷，
你以為大海是你的家鄉，
巨大的黑影蹲在碼頭旁，
我想起海港，
不是你走時候的模樣。
如果你的未來必將到來，
你何必此時驚慌，
無論大航程多麼漫長，

終將看到指引你回航的燈光。

如果你的未來必將到來？

我摸著下巴，腦子裡有閃電劃過。未來？這是一個相信未來的人？未來，未來，未來……必將到來，相信未來。

螢幕保護程式播到了下一張照片，是那些「膠囊」的照片。奇了怪了，為什麼，我會經常把這些鋼罐子叫做「膠囊」？

那些三極管，是做什麼用的？在倉庫裡，有很多很多的三極管和惰性氣體的儲氣罐，這些東西是用來做什麼的？

時間，三極管？我那可憐的工科知識讓我想起了遙遠課堂上的一段回憶。

三極管是非常耐用的一種半永久性元件，只要電壓穩定就可以一直使用。惰性氣體可以在密封環境裡，防止三極管氧化。

一切都是為了足夠時間的保存。

我明白了！線索在我大腦拼接的一剎那，我從椅子上直接摔下來，臉色蒼白，幾乎不能呼吸。

小林正好從外面回來，被我嚇了一跳。我爬起來，跑到他面前。

第五十三章　時間膠囊

小林莫名其妙地看著我，把買給我的消夜放到一邊。我抓住他的雙手，結巴道：「時間！時間！時間！時間！」

「時間怎麼了？你是不是覺得你倒數計時快結束了？倒數計時結束沒事的。」

小林說道：「說不定，結束了你就不說夢話，這事就過去了。」

「不是倒數計時，是時間，時間膠囊！」我深吸了幾口氣，終於冷靜下來，拉他到桌子旁邊，指著螢幕上的照片給他看。「這個鋼罐子，我們不是一直叫它膠囊嗎？我一直奇怪，我們為什麼會覺得這東西像個膠囊，其實它就是膠囊，是時間膠囊！我們在潛意識裡，找到了最有可能的東西，它早就給我們提示了！」

時間膠囊是一種非常有意思的工具，它是當代的人，將那個時代的代表物件，或者是信件，或者是禮物，放到一個堅固的容器中，埋入地下，以待幾十年後的後人取出，以這樣的方式將訊息傳遞給未來。

二〇一五年八月，有一批英國工人在進行橋梁翻修維護時發現「時間膠囊」，膠囊內有百年前的威士忌。說明這種行為在一百年前就開始了。

「時間膠囊？」小林看著那個鋼罐搖頭，完全不知道我在說什麼。

我滑動照片，滑到工廠牆上的廠標那一張，指著下面的口號。「相信未來的自己，不會讓現在失望。」

我又滑到了藤壺的那首詩。

當大雨降臨之前你離開你的旅館，
那是你的大船，
你的旅途是悲哀的遠航，
因為你離開了你的故鄉。
水手為了赴約而心傷，

你以為大海是你的家鄉，
巨大的黑影蹲在碼頭旁，
我想起海港，
不是你走時候的模樣。
如果你的未來必將到來，
你何必此時驚慌，
無論大航程多麼漫長，
終將看到指引你回航的燈光。

沈國鯉的自救計畫，這個計畫不是用在當代的計畫，這個計畫，是一個指向未來的計畫。沈國鯉在和未來溝通，他希望，讓未來來拯救自己。

我對小林說道：「兄弟，我知道這件事情很難相信，我也沒有任何證據，但我有一個靈感。我覺得這件事情，南生來找我是找對了，因為只可能是作家有這樣的聯想能力。這些鋼罐，都是時間膠囊，沈國鯉知道當代的技術是無法治癒自己的，他想活下去，所以他向未來求救。」

小林笑了。「等會兒，你冷靜，未來就算有技術可以治癒他的疾病，但和他有什麼關係呢？那一天來的時候，他早就死了。」

「他賭的不是我們這些普通人可以預見的未來，他賭的是更加遙遠的未來。」我說道，頓了頓，一字一句地說：「他賭的是，有時間旅行技術的未來。」

小林沉默了，他看著我，露出了尷尬的表情。我等待他的反應，等了半天，他卻把消夜打開。「我覺得這個靈感寫成小說，能超過你那本又臭又長的處女作。」說著就把筷子遞給我。

我捂住臉，我第一本小說寫的字數非常多，一直被他詬病，他提這個就是完全不相信。我立即把消夜按住，對他道：「我說的這個可能性，是沈國鯉自己認定會發生的事情，不是我認定的事情。我也認為這種想法很荒唐，但是沈國鯉是一個理科高材生，他也許認為這件事情是真正可能發生的呢？他這麼想是有可能的。」

小林想了想，點了點頭，同意了我的判斷。「所以，你的意思是，他把自己的座標放進膠囊裡，然後讓未來的人在未來打開那個膠囊，看到裡面的座標，之後想辦法透過時間旅行來救他？」

我點頭。

小林繼續說：「於是他去了那個海島，是去等未來的人？他們約在了那裡？」

我繼續點頭，小林說道：「但是裡面只有一個座標啊，沒有任何的邀請、請求、情況說明，連個日期都沒有，未來的人看到了，會覺得莫名其妙吧？」

日期，日期並不是沒有，我想到了那個在座標後面，我們以為是高度或者深度的數字。那個在海島上已經被證實了是一個廢訊息，但現在想來，我們還是不夠有想像力。

我掏出了在精神病院裡拿到的那個膠囊中的銅牌，放到他面前，指著第三個數字。「你信不信，這可能是一個時間的刻度。這個奇怪的數字，一定代表著時間。」

「我當然不信。」

「我聽說過，在很多時間旅行中，時間的計量在科學領域是沒有辦法透過鐘錶來進行的，科學家有特殊的計量時間的方式。舉個例子，如果我們知道我們要回去的時間點，是在公元前三世紀第一年的第一個月的第一天下午三點二十秒，這個時間座標是當時的人給我們的，讓我們回到這一個點，那我們進行時空旅行，所到的點，一定不會是這一刻。因為當時的計量設備，和未來的計量設備，記錄的時間流根本不是一個東西。誤差太大。」

「這個數字也許是一種特殊的時間流計量方法，可以精確定位歷史上的一個時間。例如，人類可以完美地算出在固定位置看到的，未來一千年每一天的星空圖，也可以算出過去一千年每一天的星空圖，那麼星空圖就可以精確地標識出單獨的某一天。這個數字也許是一種類似的日期表達。」

小林越聽越糊塗，他翻動銅牌。「就算你說得有道理，那一個座標、一個時間，也說明不了什麼事情，未來的人看到了又能怎麼樣？」

銅牌上確實沒有其他訊息，如果這一切是一個邀約的話，肯定會有直接的邀約訊息。

我撓了撓頭，剛才太激動了，很多邏輯沒理順。

小林吃了一口炒花生，說道：「此外，未來的人都是慈善家嗎？為什麼一定要救他？怎麼樣他都是歷史人物了，那是不是埃及法老也要救一下，人家金字塔裡還帶著報酬。」

我仔細地看著這塊銅牌。沈國鯉是個理科高材生，理科要求邏輯的連貫，這塊銅牌上必然有更多的訊息，但是現在為什麼沒有發現呢？

我之前從來沒有認真對銅牌的結構仔細研究過，如今帶著疑問看，這仍舊是一塊普通的銅牌，確實沒有更多的訊息了。但是我不信邪，我喝了一口咖啡，對小林說：「一定有訊息，你先睡覺，我在這裡思考，明天天亮前，我肯定能發現。我離真相已經非常非常近了。」

小林看著我的眼睛，發現我是認真的，他絕望地放下筷子，把銅牌拿過去放到檯燈光下。「我被你的執著感動了，讀書的時候你不可靠，就是這股勁讓我覺得你是個可以交的朋友。我家裡有親戚做鍛壓件廠的，我幫你看看吧。」

他說著就轉動銅牌。「你看，這是一整塊，上面都拉絲拋光了，除了座標數字，什麼都沒有。結束，睡覺。」

我還以為他真的想幫我，非常期待他的解讀，結果卻被他氣得半死。就在這個時候，我發現銅牌側面的紋理，有一些異樣。我立即拉住他，讓他看銅牌的側面。小林一看，也愣了一下，他還是有點知識的，說道：「這塊銅牌不是一次鑄出來的。」

「什麼意思？」

「這是把很多塊銅片，燒紅了之後，用液壓機壓成一塊的。」

我腦子裡立即閃過所有的邏輯，對小林說道：「我明白了。」

「所以？」小林用白眼看著我。

「這樣的銅片氧化的時候，會一層一層地氧化，如果我猜得沒錯，訊息在裡面的那幾層，需要非常久的時間，外面的銅片氧化到一定程度，才會顯現出來。」

小林沉默了一會兒，我知道他沒聽懂，補充道：「就是這塊銅板有很多層，更多的訊息，在裡面的那幾層。沈國鯉做了那麼多時間膠囊，一定有很多會提前被人發現，他不想讓這件事情提前曝光，他希望這個膠囊的訊息可以準確地到達他想傳到的那個時代，才顯示出來。所以，關鍵訊息他隱藏了起來。」

「那為什麼時間和座標就可以露出來？」

我想了想，渾身湧起一股寒意。「很簡單，這些座標是可以暴露的，但銅片裡面藏的訊息，可能含有什麼祕密，不能曝光。」

我不知銅片氧化到文字出現要多久，但寫過古玩方面的小說，知道銅的氧化非常緩慢，沈國鯉想要何時讓這些文字出現，一定經過了詳細的計算。我們如果能弄清楚，也許能知道，他希望他的訊息要傳達到多少年之後。

小林看我認真的樣子，嘆了口氣，看了看手錶，我問怎麼了。

他道：「我覺得今晚你不弄開這塊銅片你是不會死心的，你不死心呢，我也睡不了。我剛才買消夜的時候看到那邊有一個修車廠，裡面有電漿切割工具。走吧，你是錯是對不要緊，我小林晚上不能睡不好，咱們弄開它看看。」

第五十四章 威脅未來

當時已經將近十一點，我和小林帶著銅牌到了樓下的修車鋪子，修車鋪子已經準備打烊了。我們說明來意，修車鋪子的人看著銅板，說這還不是純銅，這是合金。他覺得我說的東西就像是在尋開心，但我給了他比較好的報酬，他終於決定幫忙，不過不是用電漿切割（註13），是用東西去磨。

上面的數字刻穿了銅牌，我此時才明白用意，這樣無論銅片怎麼氧化，數字都不會消失，除非銅牌本身完全損毀。裡面的訊息，真的存在嗎？我有些忐

註13 利用加速過的熱電漿噴流切割電導體。被切割的材料通常是鋼、白鐵、鋁、黃銅與銅。

忘了。

修車鋪子的人用了兩個小時，一層一層地打磨銅牌。這期間每深入一層，我就懷疑自己搞錯一次。我發現我內心其實也不相信自己的鬼扯，是那種靈感通暢的快感，讓這一切都顯得那麼合理，但事實上，是不是這一切都是我的異想天開？

修車鋪子是露天的，空氣冰涼，我也逐漸冷靜下來，覺得自己有點荒唐，於是和小林尷尬地相視而笑，想找個臺階下。

就在這個時候，修車師傅停了下來，抬頭看向我們。「好像是有東西。」我走過去，他用一個氣嘴吹掉磨掉的銅粉，我就看到，在銅牌的裡面出現了文字，而且一眼看去，不只一種文字，起碼有三種文字。

小林沉默了，表情有些五味雜陳，他也過來蹲下，對修車師傅說：「能不能弄清楚點兒？」

修車師傅繼續處理，很快的，一塊處理得非常光滑的銅片上，浮出了密密麻麻的文字。我們都不說話，我本以為自己猜對了之後，會有所激動和成就感，如今卻非常平靜，注意力全在文字的內容上。

此時我已經到了整個故事的轉折點，在這一刻之前，我是絕對無法想像出，銅牌上面寫了什麼。

銅牌上用三種文字寫著如下的訊息。

「如果我沒有猜錯，能看到這段文字的，應該是五千年後的人類。我在這裡向您問候。未來的人類，您現在看到的文字，是一位二十世紀的人類發出的威脅警示。我是一位癌症病人，在我的時代我無法治癒這種疾病，我不想如此輕易地放棄我的生命，所以已經在二十世紀的海洋裡，深埋了兩百三十罐神經毒素，它們全部都隱藏在海底，你們無法尋找，只有透過我設計的標記方式，你們才能找到。」

「從你們看到這塊銅牌的十年內，請你們到我留下的座標和時間流處，用你們的時間穿越技術，將我接到未來治癒。我將親自幫你們解除神經毒素的威脅，否則，這些神經毒素一旦釋放，將會造成嚴重的海洋汙染，威脅上億人的生命。為了證明我說的是真的，在你們所處現在的後十年內——抱歉，我覺得我的定時器械不會太精確——會有一顆毒罐釋放毒素，你們需要注意大範圍的海洋生物死亡。」

「我已絕望將死，如此試上一試，沒有太多損失，如果你們尚未有時空技術，則抱歉帶來的一切災難。靜候佳音。」

我和小林坐在修車鋪子前，半天沒緩過神來。

我抽了十幾根香菸，內心務必要放鬆一下，又有些百味雜陳。說實話，我沒有想到真相是這樣的。

這個沈國鯉的自救方法，竟然是威脅未來的人，穿越時空來救自己——文字裡寫得很清楚。這簡直是世界上最荒謬的妄想，但我也不得不佩服他的想像力和執行力。他做了那麼多事情，就為了這種奇怪的科幻小說橋段。

我看著小林，此時我還壓根沒有把自己身上發生的事情，和沈國鯉結合起來，我甚至有一種事情塵埃落定的錯覺。這個時候，我第一次看到小林的臉色極其慘白。

和之前那種游離於事件之外不同，小林的臉色忽然間充滿了恐懼，他看著我，竟然有些發抖。

「怎麼了？」我問他。

「你不害怕嗎？」

「害怕什麼？」

「夢話的事情，倒數計時的事情；還有你說的，接錯了人的事情，你都忘記了嗎？」

「這又怎麼樣？」

「都連起來了啊。」

「怎麼連起來了？」我腦子完全轉不動。

「那個沈國鯉，有沒有一絲可能，他成功了。」小林臉色蒼白地看著我。「你身上發生的一切——你說的，似乎有什麼力量，在另外一個世界，焦急地在和你聯繫，你忘記了嗎？」

第五十五章 悖論

小林的話音剛落，我的冷汗就下來了。事情發生得太久，太多的事情讓我記憶模糊，如今全部都連接起來了。

沈國鯉做的事情，無異於瘋狂，簡直就是異想天開。如果不是最開始發生的夢話現象，我一定認為，這件事情只是一個腦洞，只會以他孤獨地在海洋上死亡為結束，不會有其他可能性。但如今我不得不思考，夢話現象、海流雲他們的瘋狂、寧夏的天線事件、王海生的消失，這些事情之間的聯繫。

我想了想，已經確定整件事的背後肯定有更大的隱情，至於是不是沈國鯉的計畫真的成功了，我不敢往那個方向去想。但，一定還有其他事情發生。但我想不動了，我努力想思考，腦子已經完全不轉了，反而有一種巨大的疲憊感襲來，我想立即倒頭就睡。

我拍了拍小林，準備回房間休息。

今天已經夠瘋狂了，我要吃安眠藥好好睡一晚上。有了今天的突破，我心裡非常有自信，明天，我可以撥開所有謎團，查出所有的真相。

小林紋絲不動，臉色仍舊非常蒼白。我愣了一下，覺得奇怪，他一向不是很在乎我的這些奇思妙想，為什麼這一次會有這樣的表現？

我感到有些意外，同時也有了一些恐慌，剛想再說話，小林一下子抓住我的手，對我道：「沒有時間了你。」

「什麼沒有時間了？」我看著他的表情，真的被嚇到了。

他直勾勾地看著我。「倒數計時，還有三天，三天後的晚上，倒數計時就歸零了。」

「你不是說未必會發生可怕的事情嗎？」說著，我忽然愣了一下，也是渾身的冷汗。「等一下。」

「你也想到了？」

「會不會，這個倒數計時，是未來的人類來接人的倒數計時，因為他們接錯了王海生，為了彌補錯誤，他們想重新再接一次，但是這次還是錯了，變成來接我了。」

完了，還有三天，在哪裡接我？還是那個海島嗎？我回不去了。

我渾身的雞皮疙瘩掉了一地，拉起小林就走，得立即找蘇啟航重新出海，否則我可能要錯失看到未來和現在連接的千載難逢機會。

小林立即搖頭。「你太單純了。你仔細想想，他們接到了王海生，王海生下落不明；接著，南生，那個上海人，自殺了；海流雲，瘋了；那個寧夏的天線寶寶，瘋了；沈國鯉，死了……且不論我們如何思考這件事情背後的可能性，有一點是絕對可以確認的，所有參與這件事情的人，全都不得善終。」

小林說完後，我就呆住了，講話都發抖了：「到底什麼意思？」

「你總是覺得，有另外一個世界的什麼力量，在不停地想和你溝通。我剛才想了一下你說的那些過往，有沒有可能根本就不是那麼一回事情。那個另外一個世界的力量，根本不是想和你、和南生、和那個寧夏的天線寶寶溝通，它就是想透過某種方式，直接殺掉你們。」

我回味了一下，想到南生夢遊的那一段情況。他的指甲不停地劃著窗戶，難道不是因為焦躁，而是因為，控制他的人，想打開窗戶，跳下去？

「你是不是太負面了一點兒？」

「結果你沒有看到嗎？我是公務員，統計我還是會的，有誰現在是有善終的！」

「可為什麼呢？未來的人，要殺掉我們？」

倒數計時結束，就要殺掉我？我覺得不合理，要殺我隨時可以殺，為什麼要倒數計時？

「換位思考，換位思考一下，如果你在未來，你會怎麼思考問題。」小林揉了揉臉，顯然想讓自己冷靜下來。「如果你有穿梭時空的能力，事情就會變得非常簡單，只要派人回到這個時代，把問題解決就好了。現在的情況，顯然不是這樣，說明，在被威脅的那個時代，並沒有成熟的時空穿梭技術。」

「但我們仍舊會說夢話，仍舊會被一種奇怪的力量影響，說明雖然沒有成熟的技術，但是他們有將訊息傳遞回來、影響人腦的技術。」我說道。

「他們之所以要和過去溝通，影響過去的人腦，說明沈國鯉的設計，確實對未來產生了影響，他們要處理掉這個影響。」

「那他們為什麼，不透過技術，殺死沈國鯉呢？」

「你要我說原因嗎？其實很簡單。」

世界

我看著小林，忽然意識到，他腦子裡已經有了完整的推斷。在抽絲剝繭、整理訊息、連接訊息上，他可能沒有我那麼有耐心和想像力，但邏輯推斷他絕對比我厲害。

「你說吧，大哥，都什麼時候了。」

「只有一個可能性。如果，未來的人，希望透過和你們聯繫，去解決沈國鯉的事件，那麼最好的時間點，肯定是沈國鯉部署完一切之前。就像電影《魔鬼終結者》一樣，在他完成計畫之前，把他殺死。但是現在發生的所有事情，都在沈國鯉部署完之後，這非常不合理。而且，在所有的事情裡，被影響的人都不得善終，這說明什麼？」

他的臉色達到了慘白的極限，毫無血色，似乎要心肌梗塞了。「未來的人不僅不想解決這件事情，還在剷除所有可能解決這件事情的人，他們要確保，沈國鯉埋下的災難，在未來一定會發生。」

冷風襲來，讓人毛骨悚然。

「為什麼？」

「你問我，我去問誰？」

我沉默了一會兒，提出了疑問：「我覺得不對，如果他們在沈國鯉部署完一切之前就殺掉他，就沒有這個計畫了，也就沒有銅牌會在未來被發現，未來就不會被威脅，他們就不會派人回來，那麼沈國鯉就不會被殺，銅牌還是會傳到我這裡，這就陷入死循環了。所以這是祖父悖論（註14），未來的人不會殺死沈國鯉。最簡單的解決問題的方式，就是透過檢索過去的世界訊息，找到那些炸彈的位置，在未來處理掉。」

小林陷入沉思，他有點聽不明白。想了很久，他嘆氣。

「我不知道，我這些都是推測，但是如果這是真的，你只有三天時間。」小林遞給我一根菸，我沒有接過去，小林繼續說道：「唯一的好消息是，三天後，你也許會知道所有一切的真相。」

我嘗試著笑出來，因為這一切太荒謬了，但那種毛骨悚然的恐懼，讓我笑不出來。

三天之後，倒數計時結束，我到底會發生什麼呢？

註14　由法國科幻小說作家赫內・巴赫札維勒在一九四三年的作品《不小心的旅遊者》中提出，是個關於時間旅行的悖論。假如你回到過去，在父親出生前把祖父殺死，但祖父死了就無法生出父親，沒有父親也就不會有你；既然你不存在，那麼是誰殺了祖父？以此表達論點的衝突。

第五十六章 重返

當晚我因為過於緊張和疲倦，反而睡得很香。我一直睡到第二天早上，渾渾噩噩地起來吃了早餐、喝了咖啡之後，焦慮緩緩平復，我開始繼續思考昨天的問題。

這一次，我的思考變得毫無結果。不是事情困難、無法假設，是因為，我真正在意起那個倒數計時來。

我坐在酒店自助餐廳的角落裡，一直待到下午三點多，沒有移動過半步，都在發呆。這可能是我人生中，思緒最混亂的六個小時。

在一天中，三點多到四點，是我們體感裡的下午和晚上的分界線。三點五十分的時候，你還覺得是在下午，你還有整個晚上的時間可以支配，但到了四點整，你就覺得這一天要進入尾聲了，所有的一切都變得急迫起來。

我之所以焦慮和混亂，是因為我覺得我應該做些什麼，難道就這樣坐著，等到三天後的時間到來嗎？

事實上，根據理性推測，什麼都不發生的機率，仍舊比會發生什麼要大很多。而且，就算有事情發生，好事和壞事，也是一半一半的機率。但，人都會害怕壞的機率，哪怕只有一點點，你的大腦會把它無限放大。

到了下午四點，我意識到這一天已經過半了，我什麼都沒有做，焦慮就開始空前強烈起來。

小林這時候才起來，坐到我對面，和我說：「我把整件事都理了一下，咱們要不要對一下，看有什麼遺漏？」

我點頭，但腦子無法集中到思考這個問題上，反而開始思考起其他奇怪的問題。

如果我人生只有三天都不到的時間了，我必須要做點兒什麼。例如，把整件事情記錄下來，和父母交代財產，和讀者告別。

小林說了幾句，看我渾渾噩噩，就對我道：「你又來了，我記得你考試之後，經常這樣。」

我考試的時候，如果第一天沒有考好，那麼後面所有的科目都考不好。只要第一天我覺得很糟糕，繼而就會覺得之前所有的努力都已經白費了，沒有用了，而導致後面所有的科目都不行。

我深刻明白自己這個缺點，小林一說，我就驚醒了。我當作家之後，其實用了很多辦法來克服這種情緒問題。我深吸了一口氣，告訴自己，如果陷入情緒裡，那麼就算有轉機也會失去，活下來的唯一正確選擇是全神貫注。

「你說的夢話，是南生在另外一個世界和你說的。」小林說道：「我們都是這麼認為的，從字裡行間，也可以證明。」

我點頭，他繼續道：「南生說出了那句話——『他們接錯人了』，所以南生知道，沈國鯉死了，王海生被接走了。」

我意識到小林和我聊這些的目的，因為還有很多細節我們沒有搞清楚。「你是說，疑點是，南生是怎麼知道這件事情的？」

「南生只到過花頭礁和寧夏，然後就自殺了。這兩個地方我們也去過，但我們沒有得到這個訊息。這個訊息在你後來的推斷裡，有特別重要的意義，如果不能知道其真偽，那你的很多推斷都是不能成立的。目前看來，只有你查到了，所以你能推測出正確的核心事件，南生沒有理由知道。」

「有兩個可能性。」其實我有想過這個細節。「一是，他有其他的調查渠道，我們不知道；二是，是王海生告訴他的。」

「咱們把事情想細一點兒，王海生是怎麼知道有人接錯他了？如果沒有人和他說這件事情，他怎麼也不會想到，這是一次接錯的事件，對吧？除非，有人和他一溝通，一拍大腿——接錯了！王海生才會知道。」小林說道。

接下來他的推理，非常嚴密，但應該很難看懂，看不懂可以直接略過看結論。

「有道理。」我說道。

「那說明王海生和未來的人，是有直接交流的。他被接走了之後，和未來有正常的交流，然後這些結果，都被輸送到南生的腦子裡，對吧？」

我點頭，有點跟不上了。小林繼續道：「這裡出現了一個很大的悖論，你要聽好了。」

小林做了一個魔術師的動作。「你說過，所有的夢話，都像是廣播一樣，不像是有智慧的人在向你溝通。你覺得，像是有人在把記憶，傳送給你？」

「你是什麼意思？」

「無論是王海生給南生的訊息，還是南生給你的訊息，都沒有提到任何未來的情況，沒有提到實際的目的、用意，全部都是一些混亂的記憶。而這些記憶裡，既沒有讓你去做什麼的指令，也沒有警告，也沒有系統的訊息，幾乎是碎片和混亂的。」

我看了看服務生，她顯然沒有注意我，但我還是叼起一根菸沒點。「是這麼回事。」

小林繼續道：「這說明啥？說明這些訊息要嘛是被編輯過的，和未來有關的東西，被去掉了；要嘛，王海生腦子裡，就沒有未來的東西。」

「你到底是什麼意思？」我問小林，我知道他肯定有所設想了。

「我是覺得，如果未來的人可以編輯訊息傳到你腦子裡，幹麼不傳遞一點兒精確的、邏輯清楚的，卻傳送一團漿糊；但如果未來的人不能編輯，那為什麼王海生和南生的訊息，都沒有任何跟未來有關的訊息。」

「兩者交叉推斷，只有一個可能，王海生並不知道自己到了未來，也完全不知道事情發生的情況和經過。他將腦子裡的東西傳給南生的時候，就是混亂的。」

「所以，南生並不是從王海生那裡知道接錯人了。」

「南生是怎麼知道的？他還有其他的調查途徑。因為南生傳遞給我的訊息裡，也沒有關於未來的事情。南生死了，屍體在這裡。他當時篤定地自殺，而且預言了他會把夢話傳遞過來。」

「還是一樣的道理，交叉推斷，南生也沒有到達未來，不管是靈魂還是肉體。」

我陷入了沉思。這些訊息是從哪裡傳遞來的呢？既然不是來自未來，那麼到底王海生和南生遭遇了什麼？

「說那麼多沒用的，估計你也聽不懂。但你只要明白，透過以上的推斷，我們可以得出一個結論，南生沒有查到沈國鯉的事情，所以他不太可能有接錯人的推斷。所以，很大機率，是有人告訴了南生接錯人的事情。但整個事件裡，相關的人，就這麼幾個，都在這裡了，是誰和他說的呢？」

「你是說，還有一個人，我們不知道的人，他告訴了南生。如果是這樣的話，那麼告訴南生，讓他堅信自殺可以傳遞夢話的，也許也是這個人。」

是誰呢？這個人了解這件事情，一定了解得比我們都多。

正想著，我的手機忽然響了。我看了一眼，號碼有點眼熟。是寧夏的那個副隊長？

我接通電話，對面的聲音很冷靜，直接問：「你還有幾天？」

我發現不是寧夏的那個交警副隊長，是一個女人。我仔細分辨了一下，一愣，竟然是藤壺，那個女詩人。

對方不讓我有困惑的機會，直接追問：「你還有幾天？說吧。」

什麼意思？什麼幾天？是在問我的倒數計時還有幾天？

「三……三天，不到吧。」我支支吾吾地說道。忽然意識到什麼。

「那你需要做好準備，把事情傳遞下去了。」藤壺說道：「差不多了。到寧夏來，我傳了地址給你。我有事情要告訴你，你會感興趣的。」

我看了一眼小林，面面相覷。這是無巧不成書嗎？然後手機響了，一個定位傳了過來。

回寧夏總共花了我十二個小時。我們在車上輪流睡覺，不知道為什麼，我睡得很香。藤壺給的地址，就是我們之前去的那個寧夏小鎮。我們進了自治區，到小鎮又花了四個多小時。

時間流逝，我第一次真切地感覺到，自己的時間不多了。

路上我清醒的時候，一直在思考藤壺怎麼會忽然介入進來。我覺得我還是小看女人了，之前和她通電話的時候，完全沒有察覺她有什麼異樣。她怎麼會知道我被倒數計時的？

她說：「那你需要做好準備，把事情傳遞下去了。」

感覺這句話，也有人和南生說過，難道真的死期近了？她是不是就是指導南生的那個人？

剩下的時間，我一直看著窗外發呆，覺得這一切都很不真實。

我想到了很多妄想症的電影，事實上我們到現在，並沒有發現真正的證據，來證明這背後的故事。我們只是發現了一條證據鍊。這條證據鍊的很多空白還是靠我的小說家想像力拼湊出來的。整個過程中，最確定的奇異事件，是我說夢話的事實。

但我不是一個精神病人嗎？我入院不就是因為過度創作，導致產生妄想的狀態嗎？

「我是不是瘋了，你一直陪著我瘋？」我問小林。

小林嚼著口香糖開車。「我是個公務員，唯物主義者，我才不會陪你瘋呢，你的遺產又不留給我。」

我們在鎮上最好的咖啡館見了藤壺。咖啡館的裝潢其實很用心，但材料有一些欠缺，很多地方都沒有用真的植物，用的是塑膠的，否則會是一間很好的咖啡館。

藤壺年紀有些大了，雖然聲音聽起來沒那麼蒼老，可實際看到她的時候，是一個小老太太。她穿得很普通，甚至有一些不起眼，但是她抽菸，能看到面前的菸灰缸已經有三根菸了。

我和小林走過去，和她握了握手。她的第一句話是：「你很成功啊，年紀輕輕的。」

我微笑著糊弄過去，實在沒心情寒暄，就問她道：「妳怎麼也介入到這件事情裡來了？」

「先不說這個，你想好了嗎？如果你出事了，你會找誰把訊息傳遞下去嗎？你的時間可不多了。」她重複了一遍，顯然也不想和我廢話。

第五十七章 位置

說實話，我真的不明白這個問題。我知道是什麼意思，但我不知道怎麼回答。

而且正因為我知道我的時間不多了，所以我不希望把時間花在摸不著重點的對話上。我直接說道：「我覺得妳對我有所誤會，妳是不是覺得我知道大部分事情，已經準備好了下一步做什麼？其實我什麼都不打算幹，因為我什麼都不知道。」

「你查到了我的詩集，應該已經知道得差不多了。」藤壺看著我。

「我有一些猜測，但事實上，遠沒有到我可以下決策的地步。」我直接說道。

小林在桌子下掐了我一下，示意我有些衝動，我說太多了。

我穩了穩。藤壺有些驚訝。「南生沒有告訴你嗎？他應該在天上，把事情都告訴你了。」

我和小林交換了一個眼神——南生認識她。我們推斷得沒錯。

但是「在天上」是什麼意思，這是一個宗教故事嗎？

「南生應該已經透過那種方式，把所有的事情都告訴你了，以及，如何把訊息傳遞下去。」

我搖頭，藤壺露出了非常驚訝的表情，而且臉色有些不好看。

「怎麼了？」我問道。

藤壺沉默了一會兒，說道：「怎麼會這樣？他明明——」

「妳不如把情況和我們說一遍，我們可以一起商量。」小林說道。

藤壺沉默，表情一下子變得有些憂慮，但她定了定神，還是和我說道：「行，反正我也是來和你們說這件事情的——沈國鯉這個人，你們可能比我還了解。我和沈國鯉見過一面，他那天晚上很激動，把他的計畫都和我說了。那天他喝了很多酒，我估計他醒來的時候，並不記得他說了那麼多。我也不在意，說實話，我覺得那是天方夜譚。後來他就消失了，這對於筆友來說很正常，我也沒有想過，他是去了未來還是如何，我只當他癌症去世了。」

說著，藤壺看著我。「整個調查，都是你在牽頭吧？」

「南生死了之後，算是我。」我說道。

藤壺看著我，說了以下的訊息，都是我沒有了解的細節，讓我十分震驚。

南生在夢話中，給了我寧夏天線事件的情報。

我沒有想到的是，天線的情報，就是藤壺告訴他的。藤壺和我說，如果我特別注意那本詩集的話，就會發現，那個天線的圖案和「膠囊」的觸鬚形狀一樣，出現在詩集的封面上方。詩集的封面是一排屋頂，上面就有一個這樣的形狀。

沈國鯉很喜歡那本詩集，於是選擇了封面上的線條，設計了那些觸鬚。

這足以證明沈國鯉當時是喜歡藤壺的，不管是癲狂還是如何，他有一種狂野的付出和儀式感。

南生從寧夏回來之後，他有了一個推論，他覺得，有什麼東西向他腦子裡發射訊息。寧夏的孩子接收到訊息，但是訊息沒有匹配，所以他們都瘋了。如果你腦子裡每天出現不是你自己經歷的畫面，你也會瘋掉的。

南生認為他說王海生的夢話，也是一樣的狀況；而那些孩子，和王海生唯一的共同點，就是他們都看過那種天線的形狀，這是一個很重要的啟發。

當藤壺將沈國鯉的計畫告訴南生的時候，他就恍然大悟了。他認為未來的世界，有能力將一個念頭射入過去之人的大腦，從而干預那個人的大腦，讓他產生某種念頭，去做一些事情，比如找到神經毒素罐的位置，從而解決未來的危機。

寧夏的那些孩子，有一個人到現在還在畫一個毫無意義的河北不鏽鋼廠的Logo。所有人都覺得他可以通天，在畫什麼巨大的祕密，但事實上，那只是一個毫無意義的圖案。這就是從未來發射過來的訊息嗎？南生認為是的，這些Logo、圖形，都是解決未來危機的基本資料，但傳輸的過程出了問題，這個人就完全被毀掉了。

「不太可能吧？」小林忍不住說道。

但我知道是有可能的，事實證明，沒有質量的訊息，是可能傳遞的。

藤壺從包裡掏出一份資料，推到我的面前。「我問過一個科學家，他說是有可能做到的。這些資料，你有空的時候可以仔細看看。總之，王海生在花頭礁上接收到未來發送過來的一個念頭。如果你們是未來的人，你們會發送什麼念頭過來？假設，這個念頭必須非常簡短。」

「如果未來的人認為他是沈國鯉的話，會直接讓他把那些神經毒素罐的位置，放入一個膠囊，傳遞到未來，事情就解決了，然後再植入讓他自殺的念頭。」

「對，很好。但王海生並不是沈國鯉，所以，王海生產生了精神錯亂，這個時候，這個念頭裡的保險機制就產生了。」

藤壺說道：「如果你們換位思考過，就會知道未來的人，一定會有一個保險措施。如果一個念頭植入失敗了，就像信箱的回執一樣，未來的人會收到一個訊息，得知他們的行動失敗了，接錯人了。於是，他們再植入另一個念頭，王海生在念頭的指引下，偷偷回到岸上，在一個指定的地方，把自己裝進一個時間膠囊裡，灌入防腐劑，深埋進地下。」

自殺了。

「未來的人選的那個地方，肯定是幾千年以後人最少的一個區域。於是未來的他們，挖開了那個區域，把王海生的屍體取出來，提取了他大腦裡的訊息，想摸清那些危險罐子的位置。然後，他們知道自己接錯人了。」

藉著王海生大腦裡的訊息，他們選擇了下一個人——就是南生——繼續調查這件事情。

植入念頭的過程很慢，念頭由三個部分組成。第一個部分是資料，把王海生知道的情報，植入到接受人的大腦裡；第二個部分是，好奇心，接受了訊息的人會有巨大的好奇心，去調查這件事情；第三個部分，是回收機制。進行了一段時間的調查之後，這個被植入念頭的人，會有自殺傾向，選擇自殺，並且會安排把自己埋起來，藏入一個區域，以待後人打開，檢查大腦。

這個過程是不管你是否查到了關鍵線索的，因為未來的人顯然不想賭在一個人上，無論你有沒有進展，你到時間點，都會被「回收」。

訊息被植入的時間，大多數是在睡夢當中，造成大量的興奮反應，所以，人不由自主地說起了夢話。

「南生自殺之後，他的屍體也同樣被放進了時間膠囊裡，送到了未來，是我幫助完成的。和王海生不同的是，他還寫了一封信，放在膠囊裡，推薦你作為接班人。」

所以，倒數計時結束，我就會自殺，然後想辦法，把自己的屍體放入「膠囊」。

「你有沒有發現，當你聽說這件事之後，當你開始說夢話之後，你就開始狂熱地調查這件事情。然後，過了一段時間，你就忽然想自殺，將屍體帶到未來。這是一種未來對於過去的取樣方式，你那狂熱的好奇心，想調查這件事情的這個念頭，到底是不是你的呢？」藤壺看著我。

我還有更多的想法。也許，還有這麼一個插曲，直接把訊息灌入大腦，就會導致人瘋狂。他們知道之後，就利用了夢話的方式，溫和地讓我們自己說夢話，自己錄音，來獲取資料。

我都聽懂了，心裡有一些不舒服。被人當成活體信件，我覺得這樣非常沒有自尊。

「我和南生猜想，從未來向過去植入念頭的方式，是沒有辦法精確定位的。這個念頭是廣播性質，發送到所有人的大腦裡，就像是一把鑰匙同時開幾十億把腦鎖，但是只有王海生的鎖被打開了。為什麼呢？因為這張天線的形狀圖。」

「所有看過類似圖形的人，才能匹配，才能打開鎖，開始和未來連接，未來就是挑腦子裡有這個圖形的人下手，因為腦子裡有這個圖形的人，很大機率見過膠囊。沒有想到，寧夏小鎮上的孩子，也因為這些天線的形狀，被誤傷了。」

「那些孩子遇襲的時間比王海生早得多啊。」小林道。

藤壺說道：「這種襲擊並不是只有一次。」

第五十八章 黃泉領路人

如果要模擬未來情況的話，事情應該是這樣發生的。未來的某一天，世界上發生了一次重大的生化災難。在檢查災難現場的時候，發現了一塊銅牌，上面寫著，凶手是一個過去的人，因為得了癌症，希望未來的人可以用時間機器去救他。

救他的方式有兩種，一種是把特效藥送回到過去，一種是接他去未來。他會在過去的某個時間段，在一個無人小島上等待。如果他沒有獲救，他死了，那麼時間一到，各地的生化陷阱都會啟動，造成大量的死亡。

於是未來的人透過某種技術，向過去發射了一些念頭，這些念頭會和大腦中有某些特殊記憶的人結合，並且改變這些人的行為。

其中一部分人瘋了，一部分人會在一段時間內開始調查神經毒素罐的事情，但不管有沒有找到，他在一段時間後都會因為大腦被控制而殺死自己，保存自己大腦裡的所有訊息，進入時間膠囊，提供情報給未來。

我聽到這裡，雖然基本上都是猜測，甚至可以說是某種創作，但其邏輯算是說得通了。我問她：「妳說那麼多，妳有佐證嗎？」

「我們一開始也不信，一直到，我們找到並挖出了王海生的屍體。」藤壺頓了頓，說道。

我後腦的頭皮一下子炸了，感到一次小小的窒息。

藤壺繼續道：「我們又掩埋了，我覺得，我說的就是事實，包括南生篤定地自殺也證明了這一點。」

她看著我。

「再荒謬也是事實。」

其實要驗證這件事情也非常簡單，就是等我倒數計時結束，看我會不會自殺就可以了。算了算時間，今天凌晨的時候，我就會發生一些變化了。

「我們無法阻止你自殺，但你可以選擇你的繼承者。在這段時間裡，你也沒有找到那些神經毒素罐的位置，所以，調查必然還要繼續下去。」藤壺看著我。

「這是一個死亡接力。你看，南生死了之後，推薦了你。在他的記憶裡有我，但是未來沒有選擇我，選擇了你，說明他們不認可我。如果你不做推薦的話，有可能，接下來──」

藤壺看著小林。「就會隨機推薦，到時候可能會輪到你不想被牽扯的人。」

我看了一眼小林，發現小林非常冷靜，看著藤壺，問她道：「妳不會不把埋南生的位置告訴我們，對吧？把他挖出來不就沒事了嗎？」

藤壺顯然知道他要說什麼，笑著搖頭。「你阻止不了訊息到未來，這件事情已經成定論了，我當然不會告訴你。」

「妳是站在哪一邊的？」小林問她，然後對我道：「她是站在我們對立面的。」

「我是站在命運這一面的。」

「妳打電話給我，妳的目的是什麼？」我看著藤壺，問。

她如果不找我，事情也會進行下去。按她的說法，我完全沒有能力阻止。

但她打了電話給我，和我說了這麼多，這就有點奇怪了。

我說：「如果我是未來的人，我就會想到，也許一個人是沒有辦法把自己掩埋的，所以這樣的工作，必然要兩個人來完成。所以說，有一個人死，還得有一個人，一直在協助掩埋屍體、傳遞訊息的工作。這個人要保證，屍體可以傳遞到未來。」

我看著藤壺。「是妳吧？妳等著要埋我。妳是一個黃泉領路人。」

第五十九章 博弈

藤壺嘆了口氣，表情憂慮。小林和我目光如炬地盯著她，而她看著我們，卻毫無波瀾。

我寫東西的時間久了，很會揣測人心，但是藤壺心裡在想什麼，我卻完全看不出來。

這個人似乎是縷幽魂，她的注意力不是很集中，思索了一會兒，和我們說道：「反正過了今晚，一切就結束了。我在這裡也就不勉強了，我只是希望，你可以選一個社會地位更高的人，作為你的接班人。這樣之後調查事情，會方便一些。」

她沒有肯定也沒有否定我的話，指了指一旁的如家酒店。「我就住那裡，我會在那裡等你。」

小林站起來拉住她，旁邊的人都看過來。

藤壺說道：「你們時間不多了，如果鬧事，拘留的時間會讓你們什麼都做不了。」

小林只好放手。

「妳是什麼意思？」

「這是無法改變的事情，大作家。」藤壺擁抱了我一下。「你我都無法拒絕。」

藤壺走了之後，我和小林坐在咖啡桌旁，都不說話。我覺得我猜得沒錯，藤壺已經被影響了，她就是那個埋骨的人，負責傳遞訊息給未來。我們的大腦只是一封信而已。

「如果你是瘋了的話，我覺得這個藤壺瘋得更厲害。」

「你相信她嗎？」我問小林。

小林看了看手錶。「我覺得她犯了一個很大的錯誤。」

「什麼錯誤？」

「如果你不知道這件事情，會怎麼樣？你今晚熬不住了就會睡著，然後你就會被控制，然後自殺，顯然所有事情都得在睡夢中完成。如果你今晚開始不睡覺呢？」小林看著我。「你不能睡覺了，從現在開始，我們得爭取所有的時間，你不僅不能睡，還得找一個地方，能夠隔絕傳到你腦子裡的訊息。」

「不能說我沒問題，我可以打包足夠多的咖啡，最高紀錄，到後天我肯定能扛住；但是到後天的時候我其實已經是睜眼懵的狀態了，什麼都做不了，也不知道自己是醒著還是睡著。」我道：「哪個地方能隔絕宇宙中輻射過來的訊息，防空洞嗎？還是套個鍋在頭上？」

「你朋友裡有沒有寫科幻小說的？去問一下。」

我想了一下，確實有一個，他是中國科幻小說寫得最好的人。

我打電話給他，對方聽完我的描述，對我說：「你做不到防禦，如果是量子記憶，它在未觀測狀態下，可以在任何的地方出現，它根本不需要傳遞到你腦子裡，只要你腦子對它一觀測，它就坍塌在你觀測的地方。」

「我聽不懂。」

「按照你故事的調性，你別睡就對了，其他你就別想了。我用生命保證，你躲在世界上任何一個角落都沒用。」對方掛了電話。

我看著小林，小林道：「你人緣那麼差，你可千萬別推薦我，我還要養我爸媽。」

我捂著臉，覺得非常無力。不知道為什麼，我仍舊不相信接下來要發生的事。到了這個節骨眼上，所有的細節越來越充分，論據越來越多，但我竟然有一種這是一個陰謀的嗅覺。不知道是因為太過恐懼而開始自我欺騙，還是因為現在發生的事情、討論的話題有些違反直覺。

我也真的開始思考我要推薦誰這個問題。雖然未來不一定會聽我的，但小林幫了我那麼多，我沒有必要把他拉下水。

蘇啟航嗎？他孑然一身，似乎挺適合的，但這哥兒們精神本身就有問題，萬一不小心，徹底瘋掉了……

藤壺想要地位更高的人。從王海生到南生，理性思維已經有了進步；而從南生又到了我，其實已經查到了很多東西。再往下調查下去，可能需要有權力的人介入，我要不要就範呢？雖然未來和我沒有關係，而且待我們如竹鼠一般，但我是否可以選一個正確的人，讓這件事結束，不要再有後來的受害者？

我們住進鎮上另一間酒店，小林把房間裡的利器都收了起來。床看上去很舒服，我其實很睏，因為趕路很消耗精力，但小林把床全部推起來，靠牆，看都不讓我看。

我們買了大概四十杯咖啡，兩個人坐在地上。

「如果你睡著了，我就會把你綁起來。」

「如果大腦狀態改變了，那我就是另外一個人了，就和海流雲他們一樣，是另一種情況的不可救藥的瘋子。」我說：「你就讓這件事情過去，我會想辦法推薦下一個人，再有一個受害者，這件事情就結束了。」

「那不能夠，還遠沒有到分出勝負的時候呢。」小林說道：「你還記得嗎？藤壺最開始非常驚訝，南生沒有在夢話裡把事情都告訴你。按道理，所有未來的東西，都是未來放到你腦子裡的訊息，為什麼那些東西沒有放進來？」

「我不知道。也許，放記憶的是個小姑娘，她是我粉絲，她翻看南生的記憶，愛上我了。」

「我覺得更有可能的是，這些訊息損壞了，傳達失敗了。你想，如果有那些記憶，你也許可以完成殺掉自己、把自己埋起來的事情，但你沒有，所以你撐到了今天。如果不是藤壺的電話，你都不知道自己會去哪裡度過你的倒數計時，也許就飛呇里島了。」

凡事必有動機，我小說裡寫過這種道理。

「所以，藤壺打電話給我，把我叫到這裡來，是因為……」

「因為她如果找不到你，而你並沒有接收到南生的全部訊息，你也許就不知道自己該埋在哪裡。她永遠不會知道你在哪裡，所以——」

「王海生和南生的屍體，就在這個鎮上，就在寧夏。她騙我來，是因為不騙我，我就不會來，訊息就斷了。」

「從她剛才的表現來看，你今天晚上一定會自殺。」

「訊息發送失敗了，為什麼不重新發送一次？」

「未來不知道，她沒法通知未來。除非利用你的屍體，所以她在等你今晚自殺，她會想辦法弄到你的屍體。」

我湧起了希望。小林道：「你寫那麼多懸疑小說，在這種情況下，情節會如何發展？」

「一本小說到了這個時候，主人公要開始主動進攻。」我說道：「我們要找出埋王海生和南生的地方。」

「然後毀掉屍體嗎？」

「這樣事情不會完結，我要利用那些鐵罐子，和未來談判。我會幫他們解決這件事情，但是他們不能再對我下手——我要代替沈國鯉和未來博弈。」

「怎麼找？」

「藤壺知道位置在哪裡，我們可以打個賭。」我心裡想著，如果是小說，一定是這麼寫好看，但是在現實中，這個賭注的危險很大。「我如果服用安眠藥昏迷過去，藤壺會怎麼做？」

「等你醒來自殺，放進膠囊裡。」

「如果我醒不過來了呢？」

「她會把你殺了。」

「我覺得她不會殺我，否則她不用等我自殺——她不敢惹麻煩。我們賭一下，她會把我活埋進膠囊裡，埋入地下。等她把我運到那個地方，你就跟蹤過去，把我挖出來。那時候，我還沒有醒，你把我準備好的一塊銅牌放進我的罐子裡，然後再把我叫醒，記得帶氣割和金屬探測器。」

「拉倒吧，你再醒過來的時候，你已經是一個未來人了。」

「不會，這就是我要賭的。我賭我放下了那塊牌子，我醒來的時候，沒事，他們不敢動我。」

「你怎麼做到？」

「我是個作家，我可以編個故事，讓未來相信我說的話。」

第六十章 故事

小林看著我，想了想。「她把你放入罐子之前，一定會對你做防腐處理，我不知道他們會怎麼防腐，但放血是肯定的，你絕對活不了。」

嗯，我陷入了沉思。他說得對，我聽說保存屍體不僅要抽乾血液，還要注入一種特殊的液體。藤壺如果處理我的屍體，我就必死無疑了。

「你有長效型的安眠藥？」

「我是個精神病患者，我什麼藥沒有？」

小林想了想。「我來幫你改一下這個計畫。我馬上去工廠拿一塊銅牌來，還需要一批字母鋼印、一個錘子。你來構思你人生中最重要的一個故事，然後，你裝成已經變成未來的人，大腦已經變化了，準備自殺，去找藤壺幫忙處理屍體……你就別吃藥把自己搞昏迷了，什麼蠢主意！」

我想了想，也是，我為什麼那麼誠實。小林馬上出發，我則開始思索這封恐嚇信要怎麼寫。

其實也不難。

想了一會兒，我就意識到，在某種程度上我現在更加強勢。

在未來，如果我們經歷的一切都是真的，那麼會有人發現一塊銅牌，銅牌已經生鏽了，氧化成一層一層的，刮掉上面的鏽，能看到用鋼印敲下的一段英文。

「你們打開這個膠囊的時候，應該很驚訝，裡面沒有你們的記憶樣本，也就是我的屍體。你們對我的謀殺行為，我感到非常不開心。也許我終將死亡，但我會把整件事情，所有的訊息，全部披露給這個時代的人，讓更多的人知道如何威脅未來以達成自己的目的。除非，我們達成了諒解。並且，我已經找到了沈國鯉所有炸彈的位置。」

「我和你們開了一個小玩笑，我重新移動了這些威脅，現在只有我知道這些威脅藏在哪些新座標處。我死去之後，我的朋友會毀掉我的大腦，你們將得到一個孤立的訊息源，永遠無法解決這起事件。所以，這是一個談判的條件，你們不能殺死我，而我會在我壽終正寢的那一天，把所有的訊息，放置在這個膠囊裡。對不起，未來的朋友們，你們得保佑我健康地活下去。」

這是一個很簡單的詭計，但對於只能透過遙遠的作用來影響過去的未來來說，足夠他們重視了。

如果他們夠聰明的話，他們不能殺死我，而且得祈求我活得很好。因為和考古一樣，他們就算有足夠的資料，也無法完全復原真實的情況，只能無限地接近。更何況，我什麼訊息都不會留給未來，所以，恐怕他們只能相信這塊銅牌。

小林在傍晚回來，帶來了所有的工具，效率已經很高了。準備好這塊銅牌之後，我開始寫遺囑。畢竟我不知道，最終結果怎麼樣。在我的遺囑裡，我把我的財產進行了分配。

我很了解我的父母，我的錢對於他們來說，真的無所謂。我父母對我很看重，如果他們在這個時候喪子，打擊會非常大。

我以前一直感到很好奇，很多人到了生死關頭會怎麼思考問題。他們是對於人的自癒充滿了信心，覺得身邊的人痛苦之後，一定會回歸自己的生活？還是帶著遺憾死去的，知道創傷永遠不會癒合？

那些沒寫完的小說，就永遠停在那裡了。這對於我來說，也有美感，我其實還有好多想寫的東西。這些靈感，後人一定會有的，這一點我很自信。我不是天之驕子。

現在想來，所謂的靈感，是不是也是各種訊息忽然在我大腦中出現，影響我的記憶產生的？否則為什麼會有「靈光一現」這樣的說法？

想了很久，我編了一個故事給我父母，告訴他們，我其實是被接到未來了。我知道他們肯定不信，但小林會有足夠的證據，讓他們相信。這樣，也許他們會好受一點兒。

到了這裡，我心中的擔憂稍微減輕了一些。我將遺囑寄到我的律師那裡。我的律師喜歡我，一直在追我，收到我去世的消息，她會很難過吧？忽然覺得她有些可愛起來，應該接受她的，我心裡想。可以前的時候，哪裡會知道我的人生會這麼快結束？

我們在淘寶找了當地的商鋪，買了三套無線電跟蹤裝置——我身上帶一個，一個裝在保險套裡吞下去；還有一個我裝在一只特別堅固的手環裡，不用線鉗弄不斷的那種。

等到天黑，我拿著三杯咖啡，坐在床上。小林問我：「你準備好了嗎？」

我點頭。

小林對我說：「祝你好運。」

我撥通了藤壺的電話，對方很快接起，我對她道：「我準備好了，妳準備好了嗎？」

第六十一章　氰化物

再見藤壺的時候，她就站在如家酒店的門口，站得筆直，目光炯炯地看著我。

她有一種如同邪教狂人般的氣質。我看她的站姿，和很多電影裡的獨裁集團崇拜者的姿態很像。

我來到她面前，她對我道：「你想明白了？」

我點頭，我不知道已經被植入了念頭會是什麼感覺，人會是什麼樣的狀態？南生當時來找我的時候，應該是倒數計時的最後幾天，所以那個時候他仍舊是他自己，我只能隨機應變。

我有信心的一點是，如果我和其他人有所不同，藤壺也不至於立即察覺，因為我相信她沒有能力那麼自信地判斷我是假裝的。

藤壺看了看手錶，帶我去停車場，上了一輛車。此時天已經完全黑了，藤壺上車的時候，看著我的側臉。「也許你們到了那邊，會活過來，那個時候的技術那麼先進，我很羨慕你們。也許那個時候，人已經不會老了。」

我不敢回答她，只是看著前面的黑暗——我驚訝於她沒有做任何的驗證，就相信我已經被植入了念頭。

當然我高興得太早了，我看著她開車的方向，立即就意識到，我們在開向郊區。

「這是給你的，沒有痛苦，大概二十分鐘就見效了。等一下我們先去公安局，你去報案，然後在報案的時候自殺。還有，這是你的遺囑，你把字簽了，遺體會交給當地的醫學院，裡面的人會把屍體賣給我。」藤壺邊說邊遞給我一個瓶子。

我接過來，愣了一下，幾乎反射性地問：「這麼麻煩？」

「你會在這個時代消失，必須讓官方知道你是自殺的，我才沒有麻煩，否則，上面遲早會查到這件事情。」藤壺說道：「你把你的手機給我，我要把裡面的訊息痕跡都銷毀掉。」

我明白她為什麼不做驗證了，反正我是或不是，都不會到達她埋骨的地方。只要遺囑在她手裡，她就能拿到我的屍體，而我要是不簽，就露餡了。

我想了想該怎麼辦，還是得簽，但我賭了一把，我簽了我的筆名。我賭她不知道那是我的筆名，因為世界上知道我本名的人不多。

藤壺看了一眼，果斷地把遺囑收好。我不動聲色，隨她來到了一處公安分局的門口。我拿過藥，也不看她，就下了車，藤壺立即開車離去。

我知道她不會開遠，我直接走進公安分局裡，找了個角落，確定她看不到了，就立即對著手環說道：「你得聯繫一下寧夏那個交警隊副隊長，我有事找他幫忙。我得裝死才行，還得買通這裡的醫科大學老師，把屍體賣給藤壺。」

小林沒法回答我。但我知道這是一件極難的事情，公家機關可不會陪著你胡鬧，也不會相信我推測出來的這些鬼話。等到我說服了所有人，開出死亡證明等一堆文件，恐怕已經四、五天後了，又不能睡覺，我睏都睏死了。

說完之後，我頓了頓，和他說：「拜託了，我知道你想升官，但你可能得把你的人際關係儲備都用上了。我就在一樓男廁外面，手裡拿著瓶毒藥，你聯繫好了就讓你的人到這裡找我，我手機被拿走了。」

說完之後，我長嘆一口氣。喝了太多咖啡，我的心臟跳得很快，四周的一切，一會兒清楚、一會兒模糊。真刺激啊，原來諜報片是這種感覺。

這裡晚上只有值班的警察，路過的警察看到我蹲在地上，他也沒有管我。大概等了半個小時，就有車到了，除了交警副隊長和小林從車上下來之外，還下來了一個人，一看就是個刑警。

我和小林再次見面，百感交集。我們到了會談室，那個副隊長就介紹我給他們認識。「這位大作家，這位是這裡的書記。事情我已經講過了，他還需要再了解一些情況。你說，有人逼你自殺，對嗎？」

我點頭，看了一眼小林，這是囚徒困境了。我不知道小林編了什麼故事，就做出一副苦相，給他們看那瓶毒藥。

刑警擰開一聞，就說：「氰化物。」

「她說，不會有任何痛苦。」

「怎麼可能。這東西就是死得快，兩分鐘就死了，很難救，這個分局離醫院很遠，她算得很好。」刑警說。

這個死女人，我心裡暗罵，真是歹毒。

「所以你希望將計就計，把她引出來？」

「她是倒賣屍體的。她說要把我朋友的屍體賣出去，所以他已經簽了屍體捐贈的遺囑，到時候會有一條屍體販賣鍊。」小林說道：「而且，她還說她有同夥，如果他裝成屍體，我們一路跟著，就可以把整個犯罪集團都抓了。」

刑警點頭。我看了一眼小林，不知道這事該如何收場，但看樣子，我們是得到支援了。

接下來的事情是和意志力的抗爭，我們沒有辦法和別人說我不能睡覺這件事情，所以到天亮，我都在分局裡睜著眼。就算他們給了我被子和一張躺椅，我也不能睡。

到了四、五點的時候，死亡證明開出來了，我已經睏得不行，咖啡也不管用了，我只要一發呆，隨時就有可能睡過去。

哪有什麼真正的失眠？你開十幾個小時的車，然後忙碌一天，之後再熬一個通宵，你試試。

我用手機查了讓自己不要入睡的情境，發現需要站在溫度很低的地方，於是就穿著單衣站在窗邊，並且讓窗戶大開。

等到死亡證明開出來，就到了真正的挑戰了。這個時候，公安局要把我的「屍體」送到醫院。這一塊我就不清楚了。

「屍體」會被進行防腐處理，小林找了精神病院剛認識的人脈，看是誰在搶著處理我這具「屍體」，那人就一定是藤壺買通的對象。因為屍體處理是有可能報廢的，如果處理不當，一百具屍體裡會有幾具處理失敗，發生腐化而無法使用，遇到這種情況就會被銷毀，這些報廢的屍體去了哪裡，就不知道了。

所以基本上，我的「屍體」會走一個這樣的流程。

第六十二章　埋骨之地

這些事情和我都沒關係了。我被裝在一個袋子裡，脫光了衣服，為了給我保暖，在我身上加了幾層錫箔紙，我就被車子運走了。長話短說，接下來二十四個小時，是我人生中最難熬的二十四個小時。我不能動，躺著，袋子裡溫度適中；我上車之前上過廁所，但五個小時之後，尿還是脹滿了膀胱。

然後，實在是太睏了，我所有的精力都在讓自己不要睡過去，但只要我稍微一恍惚，我立即就可以秒睡過去。我其實已經秒睡過去好幾次了，很多個瞬間，我都覺得自己完蛋了，我已經睡著了。

這是一種什麼程度的疲倦？你最後十個小時，每一秒都在想著放棄。我想著，死了算了，未來如何，各種情況如何，我都不管了，我投降了。

這十個小時，到最後我被人從太平間推走的時候，我才真正從快陷入幻覺的情景中回來。被人推動的時候，我覺得自己在飛。

我開始不停地抖動手指，沒有人和我說話，說明事情進行得很順利。很快的，被推了一路之後，我聽到藤壺的聲音，她的聲音很輕，但我一下子就完全清醒了。

非常渴、很餓、很想小便，但這些都不重要了，我被放到車子後車箱裡，聞到了汽油的味道，車子開始啟動。

又是一個多小時，後車箱被打開，我被一根繩子綁住，打了一個結，然後從後車箱裡被拖下來。

我手上的手環還在，只要我喊一聲，告訴監聽的人，同夥到了，他們就會從四面八方衝出來。但是我還不能這麼做，因為我必須要把銅牌先放進我的膠囊裡，然後把膠囊埋起來。

藤壺努力在拖拉我，我發現她不打算把袋子打開，而是想把我整個人塞進膠囊裡。當我感覺到身下是荒地的時候，覺得差不多了，忽然一個打挺，從裡面扯開拉鍊，一下子從袋子裡站起來。

現在是第二天的晚上十點多，藤壺顯然沒有想到這一點，直接嚇得摔倒在地，手電筒掉在一邊，臉色蒼白。

我走過去拿起手電筒，照向藤壺，她連連後退。我看了看四周，就看到這裡是一片樹林的深處，樹木不是特別密集，所以車子可以開進來。四周一片漆黑，我們所在的地方是一塊空地，地上挖了一個大坑，裡面有一個鋼罐，一看就是從沈國鯉工廠裡拿出來的。

這就是我的埋骨之地了。

真是一個簡陋的陰謀，旁邊還有一個機器，似乎是一個氣泵，看來是想把這個鋼罐抽成真空的。

一個女人要做這麼多事情也不容易，我心裡想著。我將銅牌從自己的背上——那塊銅牌就貼在上面——扯下來，丟進「膠囊」裡，然後把「膠囊」合上，用眼神示意她啟動機器。

她很快冷靜下來，剛想說話，我搖頭，指了指黑暗，用唇語說：「有人在聽，妳如果幫我，我就放妳走，否則，妳要去坐牢。」

藤壺冷冷地看著我。我用唇語說道：「我報警了，妳知道這件事情，一旦報警，會有多嚴重。」說著指了指機器，讓她啟動。

藤壺想了幾秒鐘，去啟動了機器，我看著鋼罐被抽成了真空，然後我在外面把抽氣口和縫隙全部焊死，將這個鋼罐埋入土裡，覆蓋上落葉。

「王海生和南生在哪裡？」我用唇語問她，她反射性地看了看腳下，我立即就明白了，他們都在這裡。

「你這樣會毀掉未來！」她用唇語惡狠狠地和我說。

我冷冷地回她：「人類本來就是短視的動物。」

說著我對著手環，大叫：「她跑了！」

藤壺臉色一下子變了，立即衝上自己的車，往外開去，但是很快的，四周亮起手電筒和車燈。她跑不掉的，而且，她也不會說這裡的地下埋了什麼。我也不會說，但我的毒藥上有她的指紋，她唆使我自殺是事實，購買屍體也是事實，她需要很好的編故事能力，才能解釋這一切究竟是為什麼。

小林衝過來的時候，我正在我的「棺材」上小便，天知道那種暢快淋漓的快感，我雙膝發軟，口水都要流下來了。之後我穿上衣服，整個人連站都站不住。

「這就是整個故事的高潮嗎？」小林問我。

「小說需要在這裡和反派一決雌雄，或者乾脆來一個反轉，我和藤壺對峙的時候，南生忽然從後面出現，趁我不注意時打暈我。我再醒來的時候，發現自己已經被綁住，他們要重新找地方對我進行防腐處理。原來整個事情都是南生的陰謀，他一直在找替死鬼之類的……」

但在現實生活中，南生已經埋在我的腳下，這才是最恐怖的；而拆穿我扮演屍體時最大的威脅，是我的膀胱。

而且，這還不是結局，只是剛開始吧。我心說。

上了車之後，警察問我有沒有看到藤壺的同夥，我說有，跑進林子裡了，然後我閉上眼睛。

小林問我：「現在可以睡了？」

「我的計畫是不是能成功，就看這一覺了，這一覺背後發生的事情，才是真正的高潮，可惜，我什麼都不會知道。」

說完我幾乎下一秒就睡著了。希望醒過來的時候，我還是自己，我還是我。

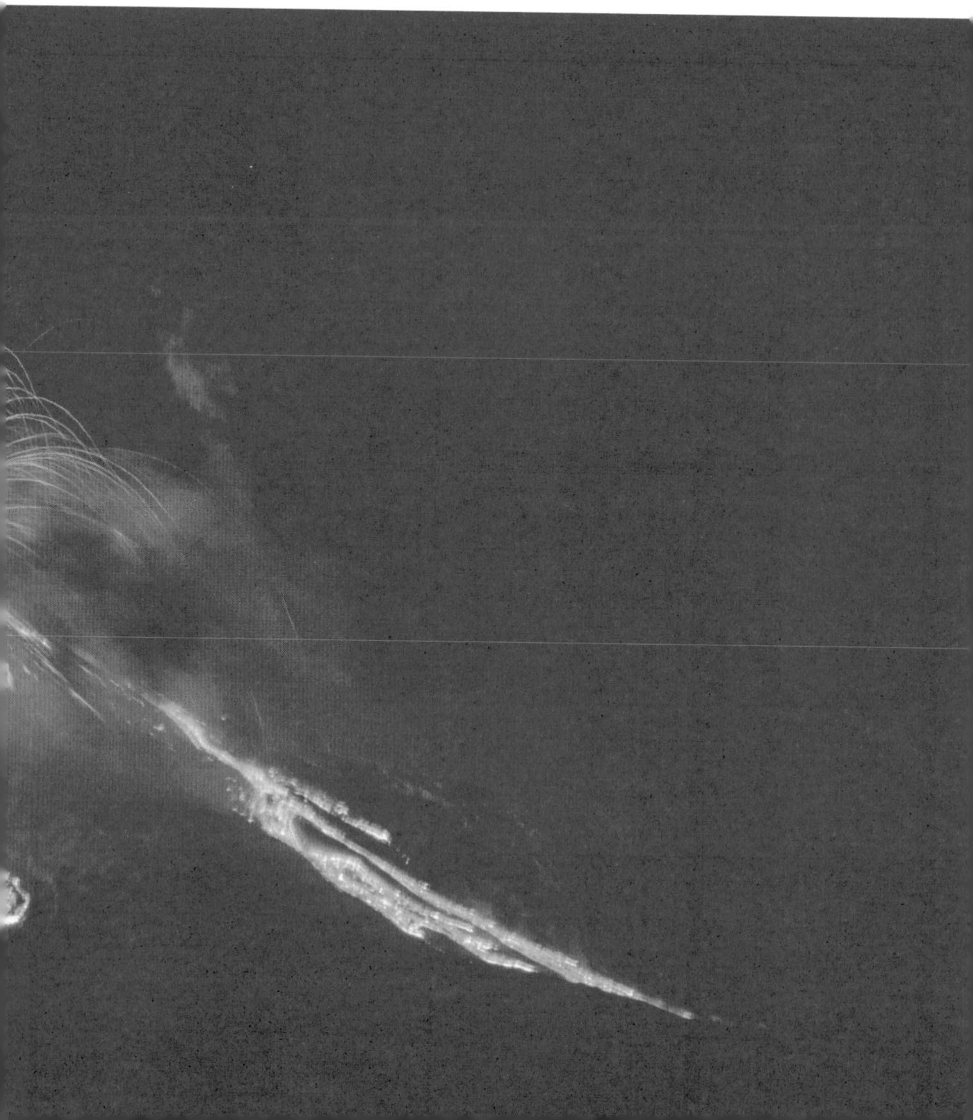

第六十三章　尾聲1

醒過來的時候，天已經亮了，我足足睡了十個小時，他們沒有叫醒我。我就在車子後座入睡，完全地進入了深度睡眠。

打開車門，我伸了一個懶腰，外面就有刑警走過來。看樣子，應該是公安局安排了人在看守我。

已經九點多了，還是陰天，我在外面站了一會兒，呼吸著冰冷的空氣，忽然間意識到昨天發生了什麼。

剛才的輕鬆感被我額頭冒出的冷汗替代，我立即在自己的大腦中搜索，看看有沒有任何變化。

思考了幾遍，我發現，我沒有任何輕生的想法，我還是原來的我，對於昨天發生的事情，我的態度仍舊是一樣的。

我內心依然很恐懼，繼續思索一遍，檢查我的大腦。沒有，仍舊沒有。我沒事。

我終於鬆了口氣。

我看了看四周，這裡是公安局外面。我坐到花壇上，向看守我的刑警要了一根菸點燃，長長呼出一口氣。看來，我贏了。

沒有人能理解我心中的感覺，真的沒有人！

所有的焦慮在這一刻鬆懈下來，但你既不能大喊，也什麼都說不出來，你就是笑了起來。

如果非要類比，我覺得我好像是癌症晚期病人，突然收到誤診通知。我什麼都準備好了，現在卻一切都恢復原樣。

小林當晚就回酒店睡得死沉，我做完筆錄，回到酒店問他，就不擔心我嗎？

他很委屈地說，他前幾天一直擔心得睡不著，怕我被做成乾屍，今天也是因為放鬆下來了，所以睡得很香。

睏頓床前無孝子。我在心裡說。

我們當天喝了一頓酒，我天性謹慎，沒有喝太多。在這一天晚上，我再次在床頭放上錄音筆，來聽夢話，發現夢話已經停止了。

我坐在床上，笑了整整一個小時，沒停下來。

接下來的幾天，我都在寧夏，沒有離開。每天醒來，我都要經歷一遍自我懷疑，檢查我腦子是不是壞掉了。一週之後，我才真正放下心來，確定那塊銅牌應該是起作用了。

這次事件的筆錄做了好幾天。聽說藤壺什麼都不說，但是有監控錄影以及各種證據，她沒有辦法抵賴。

我其實很擔心她出來之後會把我的銅牌挖出來，那麼很多事情都會改寫。如果她挖出了銅牌，未來就不會被我威脅，我就會在車裡醒來之後自殺。

我並沒有自殺，這是否可以說明，藤壺並沒有交代那塊銅牌，否則警察早就挖出來了。她是否發生了什麼事情？

我們後來又回到林間的那塊空地，用金屬探測器探測了地面下，確實還有兩個金屬器皿。我寒毛直立。這罐子裡的屍體，要穿越五千年的時光，裡面的王海生和南生，我雖然不甚熟悉，卻又如此了解他們，還真是令人唏噓。

我們快要離開的時候，才知道藤壺自殺了。
看來，未來的人啟動了保險措施，銷毀了他們在過去的痕跡。
我坐在回程的火車上，在一等座裡犯睏，旁邊的小林已經打起了呼嚕。
車窗外的風景，如風一樣掠過，我開始回憶這麼多天發生的事情，我有些不敢相信自己做了那麼多事。
以前寫一個故事，在書桌前寫寫就已經勝利了。故事中那麼多出生入死的情節，都是殫精竭慮瞎編的，我一直覺得那些事情自己是做不到的，所以才幻想得那麼好。如今我竟然都做到了，這不免讓我五味雜陳。
我出了兩次外海，探尋了廢棄的工廠，最後和未來的力量談判，全身而退。
如果要說疑點，還是有一個非常大的疑點，就是我經歷了那麼多，所有的想法，都是我的猜測。有一種可能性是，我所有的點都猜對了，我確實經歷了一次特別神奇的案件，幕後黑手是未來的力量，最後還破了案。還有一種可能性是，真相和我推測的完全不同。
這一切前因後果，都是我們的集體妄想。誰也不知道是什麼，但是，它沒有那麼神奇，只是我們不知情而已。
所以，就算我不做那麼多，也許我醒來，也不會有事。

所有的資料都在我的文件袋裡，如果能寫成小說該多好？但還不行。我得先為未來，找到沈國鯉的那些神經毒素罐在哪裡。雖然我心裡有一種猜測，按照客觀推理，沈國鯉不可能得到那麼多危險的化學品。這種放射性化學品，最多他能從實驗室裡得到幾公斤而已。

所以，也許沈國鯉的這個威脅，和我的銅牌一樣，只是一個「詐胡」。只要第一罐足夠有威懾力，後面其實不需要再有炸彈了。但我不能抱有這種僥倖心理。

如果是五千年後才會有危機呢？那我就有足夠的時間解決問題。

想到這裡，我忽然意識到我還有一個信封沒有拆，是藤壺給我毒藥瓶時一併給的，當時沒心情看，只是裝了起來。我現在拆開信封，發現裡面有很多的資料。

我看了一遍，大多都是針對我這段時間遇到的這一切進行合理解釋的一些資料，關於未來的人，如何影響過去的人的理論。

這裡面的文件，都是來自一個叫做刁平的人，這應該是一個物理學者。他有一點非常好，在理論的開始段落，他都會先講一個具體的例子。

首先他認為，目前理論中唯一能夠連通兩個不同時空的，是蟲洞。目前已經有明確證據證明蟲洞是存在的，某些量子是可以攜帶信息回到過去的。

而這些量子信息是如何影響人類大腦的，他舉了一個嗅覺的例子。

我們以往對嗅覺的理解很簡單，鼻腔裡的嗅感受器，在空氣中捕捉分子，然後產生化學信號傳遞到大腦裡，讓大腦知道空氣中飄浮著什麼，這個過程中就產生了嗅覺。而這些氣味分子，就是鑰匙，感受器就是鎖。

鑰匙和鎖是配對的。

人類鼻子裡有五百萬個感受器，這樣的組合能聞到的氣味種類是驚人的。因為三百多把鑰匙，可以混合出天文數字般的氣味。而同時也有了一個推論，就是如果兩個分子長得很像，那麼它們聞起來，味道是一樣的。

但後來這個理論受到了巨大挑戰，原因就是我們之前遇到的毒藥氰化物。

苦杏仁糖和氰化物的味道，幾乎一樣。但是它們的分子形狀，天差地別，幾乎是完全不一樣的。

為什麼兩個完全不同形狀的分子，聞起來味道卻是一樣的？按道理說，它們應該進入完全不同的感受器，產生不同的化學信號到大腦才對。

目前科學家還無法解釋這個現象，但有量子生物學家對這兩個分子進行了監測，發現這兩種分子在量子領域裡發出的波，可能是一樣的。於是他們得出了一個驚人假設，也許鼻子不是聞到了分子的形狀，而是探測到量子狀態下的波。

鼻子是「聽到」量子信息，產生了大腦脈衝，從而產生了不同的味道。當然，這些理論目前都受到巨大的挑戰，和候鳥遷徙的量子視覺細胞發現一起佐證。

事實上，我們的大腦和神經，一直在接收量子信息，這也多少可以證明，我們的大腦也會直接接收量子信息。人和人之間的一些溝通，其實是可以超距發生的，這也為心靈感應是否存在提供了一種有趣的理解。

這些理論的東西，我看得也是似懂非懂，沒有興趣的人可以略過。

之後的一年時間裡，寧夏精神病院裡的老人，陸續死亡。

藍采荷和海流雲逐漸有了好轉。小林辭職下海，賺了很多錢。蘇啟航一直在海上，偶爾寫信給我，似乎沒有再發病。我回到了精神病院裡，做完了剩下的療程，並把這本書寫出來。

如果你看到這本書出版了，說明我已經找到了沈國鯉那些神經毒素罐的位置，將訊息通報給未來。

這個故事，就已經是一個單純的故事了。在這個故事的最後，我奉勸各位，不要去做沈國鯉那樣的事情，因為沈國鯉的計畫之所以能成功，有一個關鍵的步驟，而我在書中沒有披露，你不知道這個細節，終究是白費力氣。

這本書中的這些人物，後來我們成了好朋友，後面還有一些故事和他們有關。

這個故事裡只是初識，但大家未來會很熟悉他們。

第六十四章　尾聲2

這是一些細節的補充，大概整理一下故事線。

沈國鯉將很多「膠囊」都藏入了海底，花頭礁是一個地點。花頭礁下方的水很深，到海底有幾百公尺，那些帶著訊息的「時間膠囊」都掛在礁石上，那麼應該有一顆炸彈，是在海底。王海生看到了「時間膠囊」上天線的形狀，以為是「海觀音」，非要去看清楚，結果被標記了大腦。

但王海生記憶混亂，受的教育不高，他們從王海生的大腦裡知道了他和南生的約定，於是開始影響南生。他們讓南生去調查王海生的情況，並且將王海生的記憶傳送給他，於是南生開始了長時間的夢話。南生有著很強的調查能力和分析能力，事情有了進展。

在藤壺給我的信封裡，還有一張SD卡，裡面記錄了南生自殺的影像。

和我想像的完全不同，南生並不是醒來之後，變成了另外一個人。他在睡夢中，完成了一切。

和之前他給我看的影片一樣，他晚上的夢遊變得空前劇烈，在監控錄影中，他自殺了，過程十分可怕。

這影像應該是他倒數計時最後一天。

這讓我明白了，未來並不能改變一個人，所以藤壺在醒著的時候，未來應該並不能控制她。她要嘛是一個徹底的瘋子，不僅被未來控制了夢境，還完全倒向了那一邊，導致她醒著的時候也狂熱地執行這個計畫。要嘛，藤壺就沒有醒過。

我想起藤壺的姿態、狀態以及她的眼神，她確實眼珠不太轉動，她會不會在和我溝通的時候，一直是睡著的？

這讓我毛骨悚然。如果睡夢中的我會變成另外一個東西，去做完全不同的事情，我恐怕不敢苟活下去。

我的房間裡從此裝了監視器，時不時，我還會錄自己的夢話，這在日後變成了我生活中的一種習慣。

刁平是給藤壺提供理論支持的一個大學物理教授，四十多歲，理論很紮實，但主要的工作是在實驗方面，和國外的溝通也比較密切，出版過很多科普圖書，所以藤壺才和他聯繫上。我後來去見了他，想看看有沒有遺漏的資訊。

他知道藤壺的故事，我沒有說太多我的事情，就完全聽他說，我得出的結論是——他對這件事情，只有一個初步的了解。沈國鯉和南生的事情，他都知道。

我問他，整體上，他怎麼看待這件事情？他對我道，事實上，最關鍵是如何讓未來的人收到訊息，如果準備足夠充分，我們從現在這個時代去思考也能理解。只要時間膠囊不損壞，未來人類還存在，那麼這種溝通是一定會成立的。

很多人認為一件物品保存幾千年是很困難的，但其實我們的博物館裡，幾千年的物件，保存完好的，比比皆是。如果你在某個方鼎的銘文上，看到了有銘文威脅你，讓你用時光機器去救他，否則他就會引爆一個災難，你會怎麼想？

估計會覺得很好笑。因為你知道，當時沒有可以維持那麼長時間的倒數計時裝置。

但現在再有這樣的事情，就不同了。我們的工業基礎已經非常強大，我們有足夠的放射性災難的製造能力，我們的冶煉和鑄造、防鏽合金，已經可以基本保證大部分的物件，在我們希望的情況下，保存上千年。我們的倒數計時裝置也可以精確到飛秒，以幾千年的時長一直倒數計時下去。

所以，這件事情是完全合理的，甚至不屬於科學幻想的範疇。

很多人會問，未來是固定的嗎？如果說未來已經形成了，我們是固定的，那我們還能改變命運嗎？

現在有一種科學理論，解釋了固定的未來和變化的未來的關係。舉一個例子，你大概有無數個未來，這無數個未來都是存在的。你在你的人生中往前走，你的所有選擇，A還是B，所產生的未來都是存在的。你只是在選擇道路，通向哪個未來而已。

而且，這一段人生你不只走一遍，你要走無數遍，每一遍都有不同的選擇，所以事實上，所有的未來你都會到達。

你可以選擇你要到達哪個未來，你可以改變命運，但那不是一次性的，你還得繼續選擇，一次又一次。所有的未來，都在看著你，這一次走哪條路線。

這種無限的循環，看似有著無窮的變化，其實是一個固體。所以人這一生，是一個循環的固體。你是個三維生物，在更高維度的人看來，你的一生根本不複雜。

刁平說他也會嘗試和未來溝通，但是會採取更溫和的方式。而且，他會用物理學家的方式，將他溝通的時間往後繼續延伸，遠遠超過五千年，一直到一個巨大的年分。在那個時代，人類應該已經破解了多維的宇宙。那個時候，未來和過去，才能真正接觸。

他的理念是，那麼遙遠的未來，對於我們來說，是一個未解之謎；我們如此遙遠的過去，對於未來來說，也是一個未解之謎。當時空旅行技術剛成熟的時候，一定會有人忍不住回到過去，去看一看真相。他要設計一個獨立的事件，這個事件要非常神祕，未來很可能變成未解之謎，以此吸引未來的人回來。而他會在設計好的未解之謎現場，等待那個旅行者。

三月十三日，刁平和我說，第二年的三月十三日，他一定會發生什麼變化，到時候，我就會知道，他成功了。

大概一年以後，我聽聞了刁平失蹤的消息。他失蹤當天，確實是三月十三日。聽他們說，那一天刁平去了馬來西亞的一個漁村裡，他進入一棟小屋之後就失去了蹤跡。這個漁村剛剛發現了一個巨大的古蹟遺址，結果，卻忽然發生巨大的火災。三月十三日這一天，有人縱火燒掉了這座文明的瑰寶。在火災中，有三十二個人不幸遇難。

刁平再也沒有出現，他可能是當時被燒死的三十二個人中的一個，因為屍體已經無法辨認了。

也有可能，他找到了那個時空旅行者，被帶去未來。只是，這個方法，並不溫和。但這就是我們的世界啊。

《世界》全文終

世界

作　　者／南派三叔
執 行 長／陳君平
榮譽發行人／黃鎮隆
協　　理／洪琇菁
總 編 輯／呂尚燁
執行編輯／陳昭燕
美術監製／沙雲佩
美術編輯／陳又荻
國際版權／黃令歡、梁名儀
企劃宣傳／陳品萱
文字校對／朱瑩倫
內文排版／謝青秀

國家圖書館出版品預行編目資料

世界 / 南派三叔作 . -- 1 版 . -- 臺北市 : 城邦文化事業股份有限公司尖端出版 : 英屬蓋曼群島商家庭傳媒股份有限公司城邦分公司尖端出版發行 , 2022.03
面； 公分
ISBN 978-626-316-487-1（平裝）

857.7　　110022758

出版／城邦文化事業股份有限公司　尖端出版
台北市 104 中山區民生東路二段 141 號 10 樓
電話：（02）2500-7600　傳真：（02）2500-2683
讀者服務信箱：7novels@mail2.spp.com.tw
發行／英屬蓋曼群島商家庭傳媒股份有限公司城邦分公司　尖端出版
台北市 104 中山區民生東路二段 141 號 10 樓
電話：（02）2500-7600　傳真：（02）2500-1979
劃撥專線：（03）312-4212
戶名：英屬蓋曼群島商家庭傳媒（股）公司城邦分公司
劃撥帳號：50003021
※ 劃撥金額未滿 500 元，請加付掛號郵資 50 元
法律顧問／王子文律師　元禾法律事務所　台北市羅斯福路三段 37 號 15 樓

台灣地區總經銷／中彰投以北（含宜花東）　楨彥有限公司
電話：（02）8919-3369　傳真：（02）8914-5524
雲嘉以南　威信圖書有限公司
（嘉義公司）電話：（05）233-3852　傳真：（05）233-3863
（高雄公司）電話：（07）373-0079　傳真：（07）373-0087
馬新地區總經銷／城邦（馬新）出版集團 Cite（M）Sdn Bhd
電話：603-9057-8822　傳真：603-9057-6622
E-mail：cite@cite.com.my
香港地區總經銷／城邦（香港）出版集團 Cite（H.K.）Publishing Group Limited
電話：852-2508-6231　傳真：852-2578-9337
E-mail：hkcite@biznetvigator.com

版　次／2022 年 3 月 1 版 1 刷　Printed in Taiwan
2023 年 9 月 1 版 2 刷